유리 그림자

유리 그림자

소설집

이윤기

민음사

차 례

네눈이

　동구 밖 음식점에 들러 우거지 갈비탕을 먹었다. 집으로 돌아오는 길인데, 마을의, 한 집 앞에 묶인 개가 몹시 짖었다. 금방이라도 줄을 끊고 달려올 것 같아 호통을 한번 쳐 주었다. 하지만 그래도 숙어 들 기세를 보이지 않아 돌멩이를 하나 주워 던지기까지 했다. 그러지 말았어야 했던 것을.

　시인 정일근은 쓰지 않았던가? 묶인 개가 짖는 것은 외롭기 때문이라고. 목줄에 묶여 보지 않은 사람은 모른다고. 세상의 작은 인기척에도 얼마나 뜨거워지는지 모른다고. 시인 자신도 묶여 산 적이 있다고. 그때 뚜벅뚜벅 찾아오는 구둣발 소리에 그가 질렀던 고함은 적의가 아니라 살아 있다는 불꽃 같은 신호였다고.

집으로 돌아와 개집 앞에 서서야 비로소 알았다. 우거지 갈비탕에서 건져 낸 못생긴 갈비 조각 두 개를 냅킨에 돌돌 말아 왼손에 쥐고 있다는 것을 알았다.

조금 전의 그 개는 외로워서 짖었던 것이 아니구나.

마음이, 젖은 냅킨처럼 후줄근해졌다. 손을 씻으면서 '아인슈타인'과 '네눈이'를 생각했다. 개가, 몇 천 년 전부터 사람과 함께 살기 시작했는지 나는 알지 못한다. 오래 함께 살아와서 사람과 매우 비슷해졌다는 것만 알 뿐이다. 참 많이 비슷하다.

'개' 하면 나는 먼저 '아인슈타인'을 떠올린다. 물리학자 아인슈타인이 아니라 고향이 중국이라는, 크고 시커먼 개 '아인슈타인'을 떠올린다.

1992년 미국 뉴저지 주 프린스턴에 갔을 때의 일이다. 대학 도시 프린스턴에는 물리학자 아인슈타인이 살던 집이 보존되어 있다. 미국인 친구 아이작 프리드먼의 안내를 받아 겉만 보았다. 속속들이 들여다보지 않은 것은 물리학자 아인슈타인에 대한 우리 가족의 무관심과 밀접한 관계가 있다. 점심은 아이작 프리드먼의 집에서 먹었다. 그 집에서, 그동안 아이작으로부터 말로만 귀에 못이 박이도록 듣던 중국 개 '아인슈타인'을 만났다. 아이작 프리드먼이 대학원생 시절에 산 개로 스물네 살 고령이라고 했다. 그래서 보지도 듣지도 못한다고 했다. 우리 가족과는 초면인데도 짖지 않았다.

"짖지 않는 개는 문다는데? 물지 않는다고 확신할 수 있어?"

개를 유난히 겁내는 내가 물어보았다.

"확신하지."

"아인슈타인도 확신할까?"

"물론."

머리통이 놋요강만 하고 몸집이 송아지만 했다.

"아들딸은 다룰 수 없겠네?"

개는 아이작의 아들딸보다 몸집이 더 컸다. 아이작의 말에 따르면, 아니란다. 초등학생들인 아들딸도 너끈하게 다루어 낸단다. 보지 못하고 듣지 못하지만 목줄을 잡고 있는 사람이 누구인지 잘 안단다. 그래서 아들딸을 힘으로 끄는 일이 없단다.

개고기 이야기를 먼저 꺼낸 것은 아이작이었다. 아이작은 1년 동안 서울의 대학에서 가르친 일도 있고 동료 교수들과 어울려 개고기를 먹은 일도 있다. 아이작은, 스위스 일부 지역 사람들이나 캐나다 북부 사람들도 먹는 만큼 다른 나라 사람들이 한국의 풍속을 시비할 일은 아니라고 했던 것 같다. 나는 1991년 이래 개고기를 입에 댄 적이 없던 시점이었다. 남편이 개고기 이야기를 꺼내자 아이작의 부인 미리암이 남편을 가볍게 흘겨 보고는 살며시 일어서서 아인슈타인을 데리고 뜰로 나갔다. 아이작이, 아인슈타인의 영어 알아듣기가 초등학교 1학년생 수준은 된다면서 웃었다. 오후가 되어 떠나려는데 아이작의 부인 미리암이, 혼잣말하듯이 내게 이랬다.

"이름 있는 개는 먹지 않는 게 좋을 것 같군요."

"정확하게 무슨 뜻이지요?"

혈통이 좋은 개를 뜻하는 것인지, 고유명사로 불리는 개를 뜻하는 것인지 뜻하는 바가 모호해서 내가 물어보았다.

"고유명사."

"그렇다면 걱정 마세요."

나는 미리암에게 내 아들 이야기와 연어 이야기를 들려주었다.

1992년 당시 나는 미국에서 낚시 면허증을 샀다. 낚시를 좋아해서 면허증을 산 것이 아니고 민물고기를 좋아해서 산 것이다. 그러니까 나에게 낚시라는 것은, 좋아하는 민물고기를 잡는 천렵 행위 이상도 이하도 아니었다. 내 아들은 당시 16세 이전이라 면허증을 살 필요가 없었다. 아들에게는 묘한 습관이 있었다. 낚시 장비 챙기는 것도 도와주고, 미끼 꿰는 것도 도와주고, 낚시도 도와주는데, 이렇게 해서 잡은 민물고기로 끓인 매운탕은 절대로 입에 대지 않았다. 낚시가 뜻대로 되지 않을 때는 슈퍼마켓에서 민물고기를 사 와서 매운탕을 끓일 때도 있었다. 이럴 경우 내 아들은 별로 거부반응을 보이지 않았다.

어느 날 나는 아들에게 낚시로 잡은 물고기 매운탕을 입에 대지 않는 까닭을 물어보았다. 아들은 설명하기가 쉽지 않다고 했다. 정밀하게 분석해 보고 정확하게 설명해 볼 것을 조르자 아들은 생각을 공그르며 한참 뜸을 들이더니 대답했다.

"……뭐라고 할까, 살아 있을 때 눈을 맞추었잖아요? 물고기와."

먹지 않을 것이면서도 나를 위해 물고기를 잡아 주는 아들이 내게는 자랑스러웠다. 먹을거리에 식격(食格)을 부여하는, 자연 발생적인 한 경지가 아닐 수 없었다. 나도 그런 경지에 올랐으면 좋겠다고 생각했다.

그러니까 나는 내 아들 이야기로써 미리암에게, 한국인은 생전에 특정한 고유명사로 불리던 짐승의 고기를 입에 대지 않는 것은 물론, 생전에 눈을 맞춘 적이 있는 짐승의 고기도 입에 대지 않는다고 주장하고 싶었던 것이다.

연어 이야기는 나의 경험담이다. 역시 미국에서의 이야 기다.

괜찮은 낚시터를 소개해 주려고, 한국에서 갓 도착한 동료들을 데리고 내가 자주 다니던 큰 개울로 갔다. 큰 개 울이 작은 개울과 합류하는 곳, 거기가 나의 낚시터였다.

11월 초여서 낮 평균 기온이 5도 정도 되었다. 연어가 돌아오기 좋은 기온이었다. 에멜무지로, 큰 개울과 작은 개울을 살폈다. 눈앞에서 벌어지고 있는 광경이 믿어지지 않았다. 연어 몇 마리가, 제 몸 다 감추기에도 수심이 모 자라는 작은 개울을 거슬러 올라가고 있었다. 내가 그 작 은 개울로 뛰어들 거조를 차리자, 당시 중학생이던 아들 이 내 바지의 엉덩이 쯤으로 손을 넣어 허리띠를 훔켜잡았 다. 아들은, 그렇게 하지 않으면 내가 작은 개울로 뛰어든 다는 것을 잘 알고 있었다. 하지만 나는 아들이 방심한 틈 을 타서 개울로, 뛰어들었다기보다는 날아들었다. 날아들 면서 연어를 껴안았다. 연어가 요동치자 내 몸이 흔들렸다. 한 팔로는 몸통을 감아 조르고 오른손으로는 아래로 살 짝 꼬부라진 주둥이를 거머쥐고는, 연어의 힘이 빠지기를 기다렸다가 밖으로 들고 나왔다. 추위에 온몸이 몹시 떨렸지만, 성공한 불법 어획은 죄가 되지 않는다고 생각했던지, 내 가족, 나를 따라나섰던 낚시꾼들은 박수를 보냈다. 집으로 돌아와 옷 갈아입고, 친구들 부르고, 회를 떴다. 그 회를 먹고 있는데 서울 친구의 전화가 걸려 왔다. 미국에 있는 친구들이, 내 성공적인 어획의 증인이 되어 주었다. 미시간 주법(州法)에 따르면, 맨손으로 연어를 잡는 것은 불법이 아니다. 낚싯대 아닌 다른 연장을 써서 잡는 것은 불법이다. 단, 아메리칸 인디언은 그물을 쓸 수도 있다.

그날 나를 따라갔던 낚시꾼이 다음 날 오후에 내게 전화를 걸었다. 연어를 또 잡았으니까 와서 전날처럼 또 회식을 즐기자는 것이었다. 가 보고는 후회했다. 연어의 옆구리가 터져 알이 줄줄 새고 있었다. 사연을 들어 보니 기가 막혔다. 내 흉내 내기에는 날씨가 너무 추워, 골프채 아이언 3번으로 옆구리를 쳤다는 것이었다. 나는 그날 그 회를 먹지 못했다. 그날 이후로 나는, 이따금씩 훈제 연어를 먹을 뿐, 연어 회는 먹지 않는다. 이상하게도, 그날 본, 옆구리 터진 연어가 생각나서 먹을 수가 없는 것이다.

그러니까 나는 미리암에게 이렇게 말하고 싶었던 것이다. "한국인? 아무 개나 잡아먹는 것이 아니에요. 한국인은

요, 기르던 짐승을 잡아먹지는 않아요. 뿐인가요? 죽이는 방식에서도 가리고 삼가는 것이 많아요."

'유대인만 그러는 것이 아니라고요.'라고 덧붙이고 싶었지만 그 말은 참았다.

2년 뒤, 뉴욕에 갔다 오는 길에 프린스턴을 들렀다. 아이작 프리드먼네 식구들의 변화가 눈에 띄었다. 아이작 정수리의 탈모 진행이 2년 전보다 빨라진 듯했다는 점, 미리암이 수척해 보였다는 점, 아들딸 몸집이 갑절 가까이로 늘었다는 점이 먼저 눈이 띄었다. 거실 양탄자 위에 거대한 몸을 눕히고 있던 아인슈타인도 눈에 띄지 않았다. 까닭을 묻지 않을 수 없었다. 미리암이 뜰 한쪽을 가리켰다. 하얀 말뚝이 하나 꽂혀 있고, 그 앞에 시든 꽃 몇 송이가 놓여 있었다. 6개월 되었다고 했다. 미리암의 손가락질이 거실의 안락의자 하나로 옮겨 갔다. 까만 봉제 인형이하나 놓여 있었는데, 자세히 보니 조금 작아진 아인슈타인이었다. 미리암은 손수 만들었노라면서 화장 티슈를 한장 뽑아 눈가를 찍었다. 아이작은, 아인슈타인이 자연사한 뒤부터 미리암이 우울증 증상을 보인다는 말을 내 귀에다 속삭였다.

"다른 개를 한 마리 사는 게 어때? 위로가 되지 않을까?"

던지지 말았어야 할 질문이었다. 아이작이 그때 했던 말이 십수 년이 지난 지금도 내 귓가에 어른거린다.

"다시는 기르지 않겠다고 해. 사랑하는 마음도 짓지 말라, 미워하는 마음도 짓지 말라…… 『법구경』에 나오는 말이던가?"

개 기르기를 좋아했는데, 다시는 기르지 않겠다고 결심할 법도 한데, 『법구경』도 여러 번 읽었을 만한 사람이 그 구절만 안 읽어 보았던지 여전히 개를 기르는 사람도 있다. 눌변인데도 아호를 '무눌(無訥)'이라고 쓰는 내 친구, 지금도 높고 아름다운 산 한 자락을 등지고 산다. 그는 지금도 개를 기를 뿐만 아니라 먹기까지 한다. 시 짓고 글씨 쓰는 일에 일가를 이룬 사람인데도 통 세상 나올 생각을 않는다. 활동 좀 해야 할 나이가 아니냐고 물으면 웃을 뿐 대답을 안 한다. 시집 언제 내느냐고 물어도 웃고, 서예전 언제 여느냐고 물어도 웃을 뿐 대답을 안 한다.

그 친구 집 앞으로는 강이라고 하기에는 좀 모자라고 시냇물이라고 하기에는 좀 넘치는 개천이 있어서 늘 맑디맑은 물이 흐른다. 우리는 여름이고 겨울이고 틈이 나면 그 산자락으로 가서 그 물에다 씻어 서울 먼지를 서울로 돌려 보내고는 했다. 요즘은 주말이면 서울 사람들로 덮인다.

그 집에 '네눈이'라는 이름의 열다섯 살배기 커다란 개가 한 마리 있었다. 잡종은 잡종인데, 외래종인 시베리안 허스키의 피가 섞인 것일까? 양쪽 눈 위에 허연 반점이 하나씩 있어서 멀리서 보면 눈이 네 개인 것 같았다. 그래서 네눈이라는 이름을 얻었다고 했다. 그러고 보니 내 어리던 시절, 우리 고향에도 그런 개가 더러 있었다. 시베리안 허스키라는 개가 수입되기 이전의 일이니 네눈이에게는 허스키의 피가 섞이지 않았을 수도 있다. 경상도에서는 그런 개를 '니눈개'라고 불렀다. '네 눈 개'의 경상도 사투리다. 우리 고향 사람들은 니눈개를 상서롭지 못한 짐승이라고 해서 기르기를 꺼렸다.

개가 나이를 먹으면 사람을 닮는다는 말이 있지만, 네눈이가 그 짝이라서 하는 짓이 꼭 사람 같았다. 내 친구의 말에 따르면 건빵 과자 먹는 낙으로 여생을 살고 있는 할머니 같은 개다. 네눈이가 건빵을 좋아하는 데는 까닭이 있다. 내 친구는 약초와 버섯에 눈이 밝다. 산나물 뜯기, 약초 캐기, 버섯 채취가 내 친구의 생업은 아니다. 그에게는 서예가라는 어엿한 직업이 있다. 그에게는 석재상(石材商)들이라는 고정된 고객이 있다. 그는 석재상들이 주문받는 비석이나 상대석에다 글씨를 써 주고는 한다. 그는 주련

(柱聯)을 잘 쓰는 것으로 소문난 사람이라서 꽤 유명한 사찰에 불려 가기도 한다. 그런데도 그는 틈만 나면 네눈이를 데리고 산속을 뒤지고 다닌다. 하루 종일, 때로는 며칠씩 산에서 내려오지 않는 경우도 있다. 네눈이와 함께 산속을 오래 헤매자면 먹을거리가 걱정이다. 특히 네눈이의 먹을거리가 걱정이다. 네눈이 도시락까지 싸 갈 수도 없는 일이고, 네눈이에게 먹이는 사료를 사람이 먹을 수도 없는 노릇이다. 궁리 끝에 그가 고른 먹을거리가 건빵이다. 건빵은 가벼워서 배낭에 여러 봉지 넣어도 별로 무게가 나가지 않는다. 게다가 물에 불린 건빵은 사람에게도 네눈이에게도 좋은 먹을거리가 된다. 건빵은 1960년대에 군대 생활을 했던 그에게 추억의 먹을거리이기도 하다.

그런데 이 네눈이 눈에, 내 친구가 가게에서 동전으로 건빵을 사서 저에게 던져 주던 것이 보였던 모양이다. 어느 날부터는 월요일이면 물가로 내려가 무엇을 주워 오는데 꼭 놀이꾼들이 떨어뜨리고 간 동전만 주워 오더란다. 10원짜리도 있고 100원짜리도 있고 500원짜리도 있었을 터이다. 내 친구는 그 돈 모아 두었다가 네눈이에게 건빵을 사 먹이고는 했다.

어느 날 친구 집에 가서 보니 네눈이가 꽤 무거워 보이는 금 목걸이를 하나 목에 걸고 있었다. 월요일 물가로 내려간 네눈이가 물고 올라온 것이라고 했다. 서울에서 온 돈푼깨나 만지는 부인네가 그 맑은 물가에다 벗어 놓았다 가는 잊어버리고 간 것일 터이다. 가까이 가서 살펴보려고 해도 네눈이가 으르렁거리는 바람에 그럴 수가 없었다. 하지만 멀리서 보아도 수십만 원짜리는 실히 되어 보이는 금 목걸이였다.

"네가 주워 온 것이니 네가 차거라."

내 친구는 이러고는 그 금 목걸이를 네눈이 목에다 채워 준 것이다.

개라는 짐승은 거추장스러운 것을 참지 못한다. 그런데도 네눈이는 금 목걸이를 조금도 거추장스러워하지 않는 것 같아서, 거참 신통하다 싶더라고 했다. 네눈이가 그 금 목걸이를 한 두어 달 차고 다녔지, 아마. 그동안 가난한 내 친구 부부와 네눈이는 마을의 화제가 되었다. 그럴 수밖에 없다. 내 친구가 네눈이 목에서 그 금 목걸이를 벗겨 몰래 간직했다면 네눈이가 금 목걸이를 주웠다는 사실을 마을 사람들이 알 리 없다. 네눈이 목에다 금 목걸이를 채워 놓음으로써 네눈이가 횡재한 것을 동네방네 알린 꼴이 된 내 친구는 어리석은 사람인가?

두어 달 뒤에 가서 보았더니 네눈이 목에서 금 목걸이가 사라지고 없었다.

어찌된 일이냐고 물어보았다.

"주인이 수소문해서 올라왔더라고…… 그래서, 벗겨서 돌려주었어. 100만 원짜리도 더 되는 물건이래."

내가 다시, 네눈이가 순순히 벗기더냐고 물어보았다.

"주인이 찾으러 왔다니까 순순히 목을 내밀더라고……"

여여(如如). '다를 것 없이 똑같다'는 뜻일 것 같다. 몸 벗기 전에 열반게 한마디 남겨 주시기를 청하는 제자에게 "여여하구나." 이 한마디로 게송을 대신하는 스님들이 있다. '폼' 나는 경지가 아닐 수 없다. 내게는, 네눈이 또한 여여한 경지를 터득한 개로 보였다. 주웠으니까 목에 걸고, 주인이 오면 돌려주고…… 가히 '항심(恒心)'의 경지라고 할 만하다. 내 친구에게도, 친구의 아내에게도 후한 점수를 줄 수 있을 것 같다.

1991년, 마흔다섯이 될 때까지 나는 개를 길러 본 적이 없다. 형님들 누님들에게 물어보니, 내 나이 네댓 살 때 우리 집에서도 개를 길렀다고 했다. 하지만 나는 그 개를 기억하지 못한다. 그 어름에 외운 천자문은 지금도 일부를 좔좔 외지만 그 어름에 길렀다는 개는 조금도 기억하지 못한다. 개에 대한 각별히 애틋한 추억이 없어서 그럴 것이다. 나는 개고기도 곧잘 먹었다. 물론 살아생전에 나오는 눈을 맞추어 본 적이 없는 개, 숨을 끊는 방식에 하자가 없는 것만 먹었을 것이다. 하지만 지금은 먹지 않는다. 애틋한 추억이 발생했기 때문이다.

1991년, 어느 시인의 집을 우연히 방문하게 되었다. 개가 여러 마리 있었다. 모두 애완견이었다. 농담 삼아, 한 마리 분양 안 하시려오, 하고 물어보았다. 주인이, 그러시지요, 했다. 부인도 선선히 한 마리를 주겠다고 했다. 아파트에서 길러야 하니 순하고 조용한 개를 골라 달라고 특별히 부탁했다.

닷새 뒤, 개를 가져가라는 연락이 왔다. 나와 아내, 중학교 1학년생이던 아들과 초등학교 5학년생이던 딸, 이렇게 네 식구가 개를 가지러 갔다. 애완견을 여러 마리 기르던, 시인의 부인이 개를 안아 내 자동차에다 실어 주었다. 이름은 '뚬벙이'라고 했다. 시인은 강원도 사람이었다. '뚬벙이'라는 말은 '작은 연못'이라는 뜻이라고 했다. 뚬벙이는 자동차를 처음 타 보는지, 시인의 집에서 우리 집에 이를 때까지 고개 한번 들지 않았다. 우리 가족은 단 몇 시간 만에 그렇게 수더분한 뚬벙이에게 반하고 말았다. 강아지가 껴들어 꿈같이 행복한 한 주일이 금방 지나갔다.

한 주일이 지났을 때 그 시인이 나에게 물었다.

"……설명 좀 해 주시겠어요? 이상한 이미지가 꿈에 계속해서 나타나요. 꿈속에서 이 이미지를 본 날은 하루가 그렇게 불편할 수 없어요. 물이 흐르고 있어요. 풀 위를 흐르고 있어요. 풀을 어루만지면서 흐르는데, 이거 굉장히 의미심장한 이미지인 것 같아요."

시인과 나 사이에 이런 말이 오갔다.

나: 아무래도 신화 이미지 같네요. 혹시 단테의 『신곡』 읽은 적이 있나요?

시인: 읽었지만 하나도 기억나지 않아요.

나: 『신곡』에는 이런 구절이 있어요. 조그만 물결이, 풀을 어루만지면서 흐르는 강…… 이 땅에서 가장 순수한 물은, 아무것도 감추고 있지 않으면서도 무엇인가를 품고 있는 듯…….

시인: 역시 그랬군요. 꿈에서 깬 뒤에는 신화에 관심이 많은 이 선생님을 여러 차례 떠올렸으니까요. 선생님, 저 불편해서 죽겠습니다. 뚬벙이 돌려주실 수 없습니까?

시인은 나에게 뚬벙이 넘겨준 것을 뼈저리게 후회한다고 했다. 우리는 데리러 갈 때 밟은 과정을 역순으로 밟아 뚬벙이를 데려다 주었다. 개를 돌려받은 시인은 뒷날 신화 이미지가 더 이상 꿈에 나타나지 않더라면서 좋아했다. 여름에 잠깐 사귄 뚬벙이는 우리에게 애잔한 추억이 되었다. 그해 가을 우리 가족은 미국으로 떠났다.

시인의 집에 불이 났다는 소식을 그해 겨울 미국에서 들었다. 시인의 부인과 함께 개 여섯 마리가 화를 당했다는 소식도 들었다. 시인은 출타 중이어서 화를 면했다고 했다. 우리는 시인의 부인과 함께 화를 당했을 터인 뚬벙이를 생각했다. 그로부터 14년 세월이 흘렀다. 그 시인과는 한 달에 한 번꼴로 함께 술을 마시지만 뚬벙이 이야기는 피차 하지 않는다.

금 목걸이 사건이 있고 나서 두어 달 뒤 주말, 짬을 내어 친구를 찾아갔다. 우리 일행은 읍내에서 먹을 것, 마실 것을 준비하면서 네눈이가 좋아하는 건빵도 좀 사고, 오징어도 좀 싼 것으로 여러 마리 준비했다. 고기 사려고 정육점을 찾아들어 갔더니 안주인이 어느 마을 누구의 집으로 가느냐고 물었다. 시골 사람들 잘 이런다. 친구의 이름을 대었더니 안주인은 네눈이 갖다줄 수 있겠느냐면서 살코기가 적지 않게 붙은 비곗덩어리, 잡뼈 등속을 비닐 주머니에 넣어 내게 건네주었다. 읍내에까지 이름을 떨치고 있는 늙은 네눈이의 먹을거리 심부름, 못 할 것 없었다.

그러나 친구 집에 당도해서 보니 네눈이 집은 새로 들어온 강아지 한 마리의 차지가 되어 있었다. 네눈이 안부를 묻는 나에게 어눌한 내 친구는 근 반 시간에 걸쳐 이런 얘기를 했다.

"……얼마 전부터 시력이 급속도로 나빠지면서…… 네눈이가 말이야…… 치매와 비슷한 증세를 보이는 거라…… 멀리 있으면 날 보고도 짖어.

……다가가면 날 알아보지만…… 열흘쯤 되었다. 저녁밥을 주었더니, 글쎄…… 슬프디슬프게 한 차례 짖어 대는 거라…… 내 가슴이 다 미어지게…… 그러고는……밥 깨끗이 먹은 뒤에는, 네눈이가 말이야……. 흔적도 없이 사라져 버리는 거라.

……이튿날 아침 네눈이 데리고 자주 다니던 산자락을 샅샅이 뒤졌네. 하지만 온데간데없어.

……산에서 이 마을 노인 한 분을 만났는데 모르는 것이 없는 노인이라. 네눈이 얘기를 했더니, 그러더구먼…… 더 이상은 찾지 말라고, 죽으러 갔으니까 더 이상은 찾지 말라고. 죽을 때를 맞은 개는, 흙이 무너져 내리기 쉬운 급경사지에다 앞발로 저 들어가 누울 만큼만 흙을 파내고는 거기에 들어가 숨을 거둔다나. 숨을 거두면 흙이 무너져 내려 개의 시체를 덮어 주고…… 그 즉시 흙이 흘러내리

지 않으면 비 올 때 흘러내려서 시체를 덮어 준대요, 글쎄.
네눈이, 갔네. 갔으니까 열흘이 되도록 나타나지 않지……
네눈이도 지금쯤 그렇게 묻혔을 거라. 이런 구절, 이형기
의 시에 나오지 아마? 떠날 때가 언제인가를 알고 떠나는
이의 뒷모습은 얼마나 아름다운가……."

"그렇게 떠난 아름다운 뒷모습을 보고도 강아지를 사
올 마음이 나던가?"

나는 묻지 않을 수 없었다.

"허허."

내 친구는 웃었다.

"그러고도 개고기가 입에 들어가겠느냐고?"

"……."

그는 웃기만 할 뿐, 대답하지는 않았다.

'소리'와
'하리'

나는 수도권 소도시 과천과 시골을 오가면서 살고 있
다. 수도권은 나의 건강을 완벽하게 책임져 주지 못하고,
시골은 나의 생계를 안전하게 관리해 주지 못하기 때문이
다. 앞으로 나 같은 사람이 늘어 갈 것 같다.

새벽 2시, 시골집 전화 벨이 울렸다. 새벽 2시에 울리는
전화, 반가운 소식을 전해 줄 가능성이 희박하다. 아내가
받았다. 과천 집에 남아 있던 아들의 전화였다. 통화하는
아내의 낯빛이 자꾸 어두워져 갔다. 부고인 모양이구나,
싶었다.

"부고 맞지, 누구래?"

통화가 끝나자마자 아내에게 물었다.

"부고는 맞는데……."

아내가 숨을 고르기 시작했다. 아내가 말을 시작하기 전에 숨을 고르는 것은 사연이 길다는 뜻이다.

"부고는 맞는데?"

"사람이 아니고 개래."

"개? 우리 개? 우리 '소리'? 우리 '하리'?"

"아니, 여자 친구의 개. 우리 내일 아침 일찍 과천으로 가야 해."

"개가 죽었는데? 우리 개도 아닌데?"

"병원 가야 해."

"병원에는 왜? 죽었다면서?"

"아들을 병원에 데려가야 한다고……."

"다쳤대. 어디를 얼마나?"

"발목을 다쳤대."

"어느 쪽?"

"오른쪽 발목."

"전에 다친 적이 있는 발목인데?"

"바로 그 부분이래."

새벽에 전화로 자초지종을 들은 아내가 나에게 내용을 요약해 주었다. 그 내용은 내가 짐작하고 있던 것과 크게 다르지 않았다.

아침 일찍 서둘러 시골에서 나왔다. 아들의 발목이 퉁

퉁 부어 있었다. 눈도 부어 있었다. 정형외과 문 여는 시각에 맞추어 병원으로 아들을 데리고 갔다.

여자 친구의 개가 죽음을 당한 사연, 나는 아들에게 다시 묻지 않았다. 아들도 말하지 않았다. 우리의 관심은 진찰 결과에만 쏠려 있었다. 다행히도 부러진 것은 아니고 인대가 늘어났을 뿐이라고 했다. 아들은 정형외과 옆 건물의 동물 병원을 가리키며 거기에서 밤을 새우다시피 했다고 말했다.

나는 개고기를 좋아했다. 처음부터 좋아했던 것은 아니고, 1988년 올림픽 치를 준비를 하면서 정부가 보신탕업자들을 슬슬 박해하기 시작하면서부터 먹기 시작했다. 외국에서 시비를 걸어오고부터는 본격적으로 먹기 시작했다. 1980년대 중반부터 아들딸이 반기를 들기 시작했지만 나는 개고기 먹는 것을 그만두지 않았다. 우리 가족은 1990년대 시작되고부터 끝날 때까지 미국에서 살았다. 나는 일 때문에 한국으로 자주 들어와야 했다. 들어올 때마다 아들딸은 개고기 먹고 오지 말 것을 요구했다. 아들딸이 고등학생이 되고부터는 순순히 응했다. 1990년대 후반부터는 입에 댄 적이 없다.

새로운 세기가 시작되고부터 시골에 살기 시작했다. 당시 아들은 미국에서, 딸은 서울에서 대학에 다니고 있었다. 수도권에 살아야 할 이유가 없어진 셈이었다. 하지만 우리 사는 곳이 마을과는 700미터나 떨어진 외딴 집인 데다 부부만 단둘이 살다 보니 적적했다. 개가 한 마리 있었으면 싶었다. 뜻이 있으면 길이 생기는 것인지 진돗개에 아주 밝은 친구 하나가 진도에서 태어난 백구가 한 마리 나왔는데 보지 않겠느냐고 물어 왔다. 값이 만만치 않을 것 같아서 망설이다 큰마음 먹고 자동차를 몰고 갔다. 값을 물었더니 선물하는 것이라고 했다. 태어난 지 3개월 된 하얀 진돗개였다. 수컷이었다. 개가 보기에 좋았다. 친구의 마음씀씀이 또한 고마웠다. 공부하면서 키울 생각에서 진돗개에 대한 책을 한 권 샀다. 어쩌나 빨리 정이 드는지, 하루가 못 되어 그동안 개고기 먹은 것이 그 하얀 강아지에게 미안해질 정도였다.

아내와 개 이름 짓기에 들어갔다. 우리가 살고 있는 마을 이름은 '향소리'다. 아내는 성(姓)은 '향', 이름은 '소리'라고 하는 게 좋겠다고 했다. 마침 가까운 곳에 있는 산 이름도 '소리산'이었다. 그래서 읍내에는 '소리'가 들어간 상호가 많았다. 나는 그동안 개고기 먹은 것을 사과하는 뜻에서 '쏘리(sorry)'로 할 것을 제안했다. '쏘리'는 영어 이름이라서 밀렸다. 결국 개 이름은 '소리'가 되었다.

우리 집으로 오고 나서 육칠 개월이 채 못 되어 소리는 아주 씩씩하게 자라 성견이 되었다. 우리 집으로 마을 사람들이 접근하면 빠짐없이 짖어 주었다. 소리가 짖어 주는 덕분에 누가 어느 쪽에서 접근하는지 확인할 수 있어서 참 좋았다. 우리 집은 더 이상, 부부만 사는 산속의 외딴 집이 아니었다. 밤에도 든든했다. 소리가 짖는 소리의 크기는, 그 대상과 우리 부부와의 친소 관계에 반비례했다. 1년쯤 함께 살고 보니 소리에게 아주 비겁한 버릇이 있는 것으로 드러났다. 정장한 사람과는 금방 친해지는데 견주어 허름하게 차려입은 마을 농부들에게는 곁을 주지 않는 버릇이 그것이었다. 집 뒷길로 마을의 개가 지나갈 때가 더러 있었다. 우리 집으로 온 지 1년이 거의 된 뒤부터, 지나가는 개가 암컷일 경우 소리가 끙끙거리는 소리는 애처롭다 못해 비참하기까지 했다. 장가보낼 때가 온 것 같다고 생각하는 순간부터 나는 소리 들여온 것을 후회하기 시작했다. 아무래도 수습이 쉽지 않을 업을 짓고 있는 것 같았다.

아내가 소리에게 기울이는 지나친 애정도 종종 나를 불편하게 만들었다. 나도 소리가 우리와 아주 가까운 존재가 되었다는 것을 인정했다. 하지만 나에게 '개'는 어디까지나

'개'다. 내가 생각하는 개는 흙바닥에 뒹굴어도 괜찮은 존재다. 하지만 아내는 개의 흰 털에 흙이라도 묻으면 질겁했다. 내가 아는 개는 목욕시킬 필요가 없는 존재다. 하지만 아내는 애완용 소형견도 아닌 진돗개를 손수 씻겨 주고는 했다. 내가 아는 개는 웬만한 추위에는 얼어 죽는 일이 없는 만큼 외부 기온이 내려가도 특별한 보온 조치를 해 줄 필요가 없는 존재다. 하지만 아내는 기온이 급강하하면 나 모르게 살며시 개를 현관에 들여놓고는 했다. 내가 생각하는 개는 절대로 사슬에서 풀려나서는 안 되는 존재다. 하지만 아내는 이따금 마당에다 개를 풀어 나를 아연 긴장하게 만들었다.

그로부터 2년 뒤에는 진돗개 사진을 전문으로 찍는 분이 전화를 걸어, 진도에 와 있는데 아주 혈통이 좋은 암컷 한 마리를 보아 두었다, 고 했다. 하얀 진돗개로 소리의 좋은 배필이 될 것이라고 그는 말했다. 나는 선뜻 마음이 내키지 않았다. 소리 들여온 것도 후회스러운데, 짝까지 만나 강아지를 자꾸 생산하면 나로서는 수습할 수 없을 것 같았다. 그렇게 태어난 강아지들이 내 손에서 한 달을 지내고 정이 들면 도저히 이별할 수 없을 것 같았다. 그렇다고 자꾸만 불어나는 개들을 모두 내 손으로 관리할 수 있을 것 같지도 않았다. 그런데 아내가 하얀 강아지에게 무섭게 집착했다. 아내는, 아무래도 돌이키기 어려운 업을 짓는 것 같다는 나의 염려를 받아들이지 않았다. 여전히 값이 마음에 걸렸지만 아내의 완강한 저항을 꺾지 못하고 가지고 오라고 했다.

고속버스 도착 시각에 맞추어 터미널로 나갔다. 뜻밖에도 개 주인 부부가 어린 두 자녀를 대동하고 버스에서 내렸다. 어린아이 베개만 한 하얀 강아지가 그렇게 예쁠 수가 없었다. 강아지 주인은 강아지와 함께 군수가 발행한 증명서와 족보까지 전해 주었다. 하얀 진돗개 강아지와 작별하는 개 주인의 대여섯 살 되어 보이는 아들의 눈동자가 오래 내 눈에 밟혔다. 이름을 뭘로 한다?

우리 가족은 22년 전 서울을 떠나, 산속 도시 과천으로 이사했다. 이사한 직후, 그때나 지금이나 대구에 살고 있는 내 형님이 이런 말을 했다.

"과천에 말이지, '하리(河里)'라는 동네가 있네. 내가 군대 생활할 때, 그러니까 1956년 여름에 과천의 '하리'라는 마을에서 며칠을 지낸 일이 있네. 그리워. 그 마을 다시 한 번 가 보고 싶군. 냇가에 수박 밭이 많았어. 그래서 '과천(果川)'일 거라. '하리'."

한 번도 아니고 두세 번이나 같은 말을 했다. 그러면서도, 하리에서 며칠 밤을 묵게 된 사연은 밝히지 않았다. 내가 몇 번 물었는데도 웃음으로 대답을 대신했다. 예사 사연이 아닌 모양이다. 이렇게 짐작만 했다. 하지만 나도 하리가 어디에 있는지 알지 못했다.

과천의 아파트에서 20년을 살다가 얼마 전, 역시 과천의 한 산골 마을의 단독주택으로 집을 옮겼다. 아파트에서 단독주택으로 옮긴 직후 시골집에 있던 소리도 과천으로 옮겼다. 새로 옮겨 와서 살게 된 마을의 옛 이름이 '하리'라는 것을 알고는 하얀 진돗개 강아지 이름을 '하리'라고 지었다. 내 집을 방문한 형님이 산세를 둘러보고는 이렇게 말했다.

"그래, 하리 맞구나. 50여 년 전 내가 며칠을 지낸 하리 맞다. 마을의 옛 모습은 없어도 산세는 그대로구나. 인연은 내가 지었는데 누리기는 자네가 누리는구나."

형님은, 그 인연의 내력을 끝내 밝히지 않았다. 형님이 반세기 전에 우리 마을에서 큰 복을 지어 놓았고, 나는 그 복을 누리고 있는 것 같다. 하여튼 강아지 이름은 하리가 되었다.

2001년, 서울에서 대학에 다니던 딸은 외국의 대학으로 떠났고, 외국에서 대학을 마친 아들은 귀국한 직후 입대했다. 아들딸의 빈자리가 컸다. 소리와 하리는 우리 부부의 사랑을 독차지했다.

개들 관리하는 소임을 스스로 떠맡은 아내는 틈만 나면 개들을 풀어놓고는 했다. 나는 개들은 원래 풀어서 기르는 동물이 아니라고 주장했지만 아내는 내 주장에 귀를 기울이지 않았다. 어떤 경우에는 개들 때문에 내가 아내로부터 약간 무시를 당한다, 싶을 때도 있었다. 수컷인 소리는 점잖고 자존심이 강했다. 먹을 것을 갖다주어도 소리는 우리가 보고 있는 동안은 먹을 것에 입을 대는 일이 없었다. 어릴 적부터 어찌나 자존심이 강한지, 시골집으로 찾아온 친구들 대접하느라고 옆에서 고기를 구워도 본 체도 하지 않았다. 하리는 정반대여서 우리가 먹을 것을 들고 마당으로 나서기만 해도 침을 흘리며 비굴하게 짖어대고는 했다.

작년 봄, 외출에서 돌아왔더니 아내의 표정이 어두웠다. 무슨 일이냐니까 하리가 드디어 사고를 냈다고 했다. 하리가 담을 넘어가, 옆집에서 기르고 있던 강아지 두 마리 중 한 마리를 물어 죽이고는 그 강아지 주검을 물고 담을 되넘어 와 자랑스럽게 보여 주더라는 것이었다. 강아지 값 물어 주고 돌아서니 정신이 번쩍 들더라고 했다. 하리가 물어 죽인 것이 강아지였기에 망정이지 사람을 다치게 했더라면 어쩔 뻔했느냐고 했다. 개는 풀어놓고 기르는 동물이 아니라고 하는, 나에게 아내는 풀어놓은 것이 아니라 사슬을 끊고 달아났다고 했다. 하지만 아내는 그 뒤로도 나 몰래 이따금씩 개들을 풀어놓고는 했다. 아내를 더이상 구박하기도 미안해서 나는 길이 2미터 되는 대나무백 수십 개를 엮어 담 앞에 울타리로 세워 개들이 더 이상담을 타 넘지 못하게 했다. 하지만 마음이 놓이지 않았다. 그래서 작년에는 철공소에 의뢰, 각 파이프로 널찍한 우리 두 개를 만들고 두 마리의 개를 격리시켜 가두었다. 그리고 이웃집 강아지를 무참하게 물어 죽인 하리는 소리와 짝지우지 않기로 했다.

그런데 그게 정당한 일인가?

어느 순간부터 나는 나에게 묻기 시작했다.

암컷으로 태어난 하리로부터 출산의 권리를 빼앗는 것이 정당한 일인가? 진돗개는 개가 아닌가? 야수에게는 원래 미래의 경쟁자를 죽이는 속성이 있지 않은가? 관리 부실 책임은 사람에게 있는데 어째서 암캐가 짝짓기를 원천봉쇄당하고 출산권을 박탈당해야 하는가?

2003년, 아들이 군대에서 만기제대했고, 딸도 외국에서 돌아왔다. 하리는 그때까지도 짝짓기를 금지당한 채 철장에 갇혀 있었다. 우리는 하리 문제에 대한 결론을 내지 못한 채 만기제대한 아들과 귀국한 딸을 맞았던 셈이다. 개는 사슬에 묶여 있거나 철창에 갇혀 있어야 한다는 것은 내가 정한 규칙이었다. 하지만 내가 정한 규칙은 우리 가족들에게 받아들여지지 않았다. 아내와 아들딸은 틈만 나면 개들을 우리에서 마당으로 풀어놓거나, 사슬에 묶어 산보할 때 데리고 가기도 했다. 처음 몇 차례 경고하기는 했다. 하지만 가족들은 내 말을 따르지 않았다. 내가 힘없는 가장이어서가 아니다. 가족으로부터 배우고, 자주 정신이 번쩍 들 정도로 각별한 깨달음을 얻는, 좋게 말하면 열린 가장, 나쁘게 말하면 어리석은 가장이어서 그렇다. 나는 내 가족들로부터 배우는 것을 부끄러워하지 않는다. 아들딸 자랑이나 아내 자랑을 하려는 것이 아니다. 나는 내가 존중해야 아들딸이나 아내가 자랑스러운 존재가 된다고 믿는 사람이다.

버려야 할 버릇이 하나둘 아니겠지만 1990년대 미국에서 살고 있을 당시, 나는 나쁜 버릇을 하나 버리고자 했다. 그것은, 나보다 나이가 많은 사람은 별로 존경하지 않으면서도, 나보다 나이가 적은 사람은 은근히 깔보는 버릇이다. 상대방을 존중하는 척하다가도 나이를 알게 되면 속으로, 응, 내가 입대하던 해에 너는 아무 데서나 엉덩이를 까고 오줌을 누고 다녔겠구나, 혹은, 내가 중학교에 들어가던 해에 태어난 것이 알면 얼마나 안다고 주둥아리를 함부로 놀리느냐…… 이런 식이었다. 물론 욕먹을까 봐 드러내 놓고 말을 하지는 않았다.

내가 가까이 사귀어 모시던 선배 가운데, 미국의 대학교 앞에다 조그만 식료품 가게를 연 분이 있다. 그 선배는, 선비형에 가까운, 다소 완고하고 꼬장꼬장한 한국인이다. 어느 정도냐 하면, 본 보일 것이 없다면서 아들딸이 당신 가게 출입하는 것을 좋아하지 않을 정도였다. 그에게는, 아들딸이 기웃거려야 하는 곳은 도서관이지 당신의 가게가 아니라고 믿는다는 뜻에서, 맹자 어머니는 여전히 유효했다. 그는 나에게, 미국에서 자라고 있는 한국 아이들의 장래를 자주 걱정하고는 했다. 그는, 컴퓨터나 워드프로세서 때문에 아이들의 필체가 뒷걸음질하고 있는 것이나, 전자계산기에 중독된 나머지 구구단을 이용한 간단한 암산까지도 힘들어하는 것은 분명한 퇴화의 징조라고 하는 등하여튼 걱정을 많이 했다. 나는 그런 말을 들을 때면 그에게 대들고는 했다. 장차 그들이 살 세상에서는 필체 좋은 것이나 속셈 빠른 것 따위는 별 미덕으로 꼽히지 못할 것이라면서 대들었다.

그런데 그러던 그가, 얼마 전부터는 가게에서 팔 물건 떼러 대도시 도매상 갈 때는 대학생이 된 아들을 반드시 대동한다는 소문이 돌았다. 이는, 아들딸의 당신 가게 출입을 달갑게 여기지 않던 그의 심경에 '발전적인' 변화가 생긴 증좌임에 분명했다. 그 발전적 변화의 내역은 이렇다. 그는 나에게 말했다. 자기 손으로 떼어 온 음료와 먹을거리가 자꾸만 재고로 남아도는 까닭을 궁금해하고 있는데, 아들이 지나가는 말처럼, 대학생들의 입맛은 대학생만 압니다, 이러더란다. 문득 마음에 집히는 것이 있더란다. 그래서 대학생 아들을 데리고 다니면서 아들 입맛에 따라 물건을 떼어 왔더니 신통하게도 떼어 온 족족 팔려서 재고가 남지 않더란다. 그때 우리 두 사람은 나이 어린 사람으로부터 배우는 것을 부끄러워하지 않기로 했다. 우리 사는 세상을 '어른들의 학교'로 삼기로 했다.

다음 글은 딸아이가 미국에서 중학교 2학년 때 쓴, 「최상의 소원은 최악의 소원(The best but the worst wish)」이라는 동화의 내용이다. 나는 지금도 이만한 동화를 써내지 못하고 있다. 기억을 더듬어 우리말로 옮겼다.

열두 살배기 착한 소녀가 있습니다. 이 소녀는 눈에 번쩍 띄게 예쁜 것은 아니지만 귀엽습니다. 집안도 그런 대로 살림을 꾸려 갈 정도는 됩니다. 아버지는 지위가 높지는 않아도 늘 열심히 일을 하는 분입니다. 어머니는 체중이 조금씩 늘어 가는 걸 걱정하지만, 그래도 건강이 나빠지는 것보다는 낫다면서 지나치게 짜증스러워하는 빛은 보이지 않습니다. 소녀는 꽤 행복합니다.

행복하게 살고 있는 소녀에게 어느 날 천사가 와서 말합니다.

"착하게 사는 네가 기특하다. 반드시 들어줄 터이니 소원을 한 가지만 말하거라. 딱 한 가지만 말해야 한다. 내일 밤에 다시 올 테니까 잘 생각했다가 소원이 무엇인지 말해 다오. 딱 한 가지라는 걸 잊지 마라."

소녀는 그러겠노라고 대답합니다. 하기야, 천사가 소원 한 가지를 이루어 준다는 데 싫다고 할 사람이 어디 있겠어요.

"나를, 무지하게 예쁘게 만들어 달랠까? 공부를 무지하게 잘하게 만들어 달랠까? 입학시험을 없애 달랠까……."

그러나 이걸 말하자니 저게 걸리고, 저걸 말하자니 이게 걸립니다.

"……아빠가 돈을 아주 많이 벌게 해 달랠까? 엄마의 체중이 불어나지 않게 해 달랠까? 큰 집을 한 채 지어 달랠까?

좋은 자동차를 한 대 달랠까…… 아니, 그리고 보니……."

소녀는 천사에게 말할 소원을 생각하다가 깜짝 놀랍니다. 소원을 생각하다 보니, 넉넉하고 행복하게 여겨지던 자기 주위가 초라하게 보이기 시작한 것입니다.

밤새 고민하던 소녀는 천사가 나타났을 때 결국 이렇게 말하고 맙니다.

"소원이 이루어진다고 지금보다 더 행복해지는 것은 아니겠어요. 그러니까 약속을 거두어 가셔요. 지금이 좋아요. 행복해요. 천사님께 말씀 드릴 소원을 생각하다 보니 제가 막 불행해지는 느낌이었어요. 덕분에 한 가지를 깨달았어요. 처음에는 천사님이 이루어지게 해 주겠다고 한 약속이 이 세상에서 가장 좋은 약속인 줄 알았더니, 나중에 가만히 생각해 보니까 이 세상에서 가장 심술궂은 약속이더라고요. 그러니까 약속을 거두어 가셔요."

나는 이 글을 읽고, 어떤 사람의 소원이 무엇인지 알면 그 사람이 어떤 인간인지 알 수도 있겠구나, 이런 생각을 하게 되었다. 소원이 없는 삶, 더 바랄 것 없는 삶이 반드시 양질의 삶일 리야 없겠지만, 삿된 소원, 삿된 꿈이 우리를 누추하게 하는 것은 분명하다. 이런 아이들 앞에서는 장난으로라도 복권 같은 것을 사서는 안 되는 것이라고 나는 생각했다. 결혼 전후 나는 어머니와 함께 살았다. 결혼하기 전의 일로 기억한다. 수도 앞의 바구니에 빨랫감을 내놓았더니, 빨랫감을 물에 담그기 전에 내 바지의 주머니를 뒤지면서 어머니는 그랬다.

"나는 네 바지 주머니 뒤질 때마다 아슬아슬하다. 복권 같은 것 툭 튀어나올까 봐."

내 딸은 중학교 2학년 때 이미 어머니의 경지에 가 있는 것 같았다.

1994년 여름, 우리 가족은 북아메리카 전역을 자동차로 여행했다. 야외 취사가 가능하도록 우리는 휴대용 가스버너와, 휴대용 가스를 여러 통 준비했다. 가스버너는, 자동차에 싣고 다니면서 쓰니 여간 편리한 물건이 아니었다. 그런데 북미 대륙 서부의 사막지대로 접근하면서부터 휴게소에서, 프로판 가스통을 자동차에 싣고 다니면 위험하다는 경고문이 눈에 띄기 시작했다. 온도가 오르면, 가스통이 폭발할지도 모른다는 것이다. 아닌 게 아니라 가스통에도, 섭씨 40도가 넘으면 폭발할지도 모르니까 사막지대로 들어갈 때는 자동차에 두지 않는 것이 안전하다는 경고문이 붙어 있었다. 텍사스 주 경계를 넘고부터 기온은 40도를 웃돌기 시작했다.

여름철 주차장에 주차해 있을 동안 자동차 안의 온도는 엄청나게 올라간다. 거의 치명적일 정도다. 나와 아내는 결국, 다섯 개나 남은 가스통을, 누군가가 주워서 쓸 수 있도록 휴게소의 나무 그늘에다 유기하기로 의견을 모았다. 아깝기도 하고, 만일의 경우가 걱정스러웠지만 어쩔 수 없었다.

그런데 여행 중의 영상 기록을 담당하던, 당시 고등학교 3학년이던 아들이 지나가는 말로 이랬다.

"아이스박스에는 얼음과 먹을거리만 넣어야 한다는 고정관념을 버리세요."

"!!!"

아이의 말을 좇아 우리는 가스통을 아이스박스에 넣었다. 뒤에 수소문해 보고 알았거니와, 우리는 섭씨 50도가 넘는 북미 대륙 서부의 사막지대에서도 끄떡없이 가스통을 가지고 다닌, 희귀한 여행객이었다.

자식 자랑이 아니다. '뒤에 난 사람을 두려워할 줄 알아야 한다(後生可畏).'느니, '아랫사람으로부터 배우는 것은 부끄러운 일이 아니다(不恥下問).'라느니 하는 옛말 나는 믿고 따르려고 한다. 어린것들도 능히 스승 노릇을 하니 우리 사는 데가 온통 학교가 아니냐면서 애들 눈치 헬금헬금 보면서 살아간다.

내 아내는 나보다 나이가 훨씬 적다. 그래서 아내가 나의 주장에 동조하지 않으면, 가장을 무시한다고 하는 대신 생물학적 나이라도 좀 셈해 줄 것을 간청한다. 하지만 나는 아내로부터 이따금씩 굉장히 좋은 것을 배우고는 한다.

경기도 두물머리 어름의 매운탕 집에서 있었던 일이다. 일행이 여럿이었다. 그런데 손님 시중드는 여성이 휴대용 가스버너에 불을 붙이고는 냄비를 집으려고 돌아서는 순간, 가스버너가 불길에 휩싸였다. 가스가 새고 있었음이 분명했다. 금방이라도 폭발할 것 같았다. 너무나 순간적인 일이어서 나는 아내의 손목을 잡아끌었다. 옆방으로 대피하기 위해서였다. 아내는 내 손에 끌려오는 대신 차분하게 방석을 집어 그 가스버너를 덮었다. 처음에는 방석에서 연기가 났다. 하지만 아내가 집어다 얹은 방석이 대여섯 장으로 늘어나자 불은 신통하게 꺼져 버렸다. 아내는 일행의 박수를 받았고, 제 아내만 잡아끌어 옆방으로 도망치려던 나는 얼굴을 붉혀야 했다.

정형외과 다녀온 직후, 아들은 나와 아내에게, 자기에게 할 말이 있으니 저녁 먹으면서 반주를 마시지 말아 달라고 했다. 우리 부부는 초조하게 아들과의 일전을 준비하면서 무대응으로 시간을 벌자고 의견을 모았다. 아들이 받은 충격은 우리의 상상을 초월했다. 아들의 주장은 이랬다.

"저는 우리 가족의 가장 중요한 일원은 아니라고 하더라도 중요한 일원 중의 하나인 것은 분명합니다. 그러므로 그냥 듣지 말아 주세요. 어제 저의 여자 친구들이 개를 데리고 우리 집에 왔습니다. 아주 작고 예쁜 개였습니다. 그런데 우리가 잠시 한눈판 사이, 소리가 그 개를 물었습니다. 물고는 마구 흔들었습니다. 제가 달려가 소리의 옆구리를 걷어찼지만 소리는 개를 놓아 주지 않았습니다. 제가 계속해서 옆구리를 걷어차자 소리는 그제야 계단을 내려가 창고로 들어갔습니다. 처음에는 죽여 버리려고 했어요. 하지만 어머니가 아끼시는 개인데 죽여서는 안 되겠다는 생각이 언뜻 들었습니다. 걷어차 주려고 계단을 급히 내려가다 저의 발목이 이 지경이 되었습니다. 저는 발목이 부러졌다는 것도 잊고 여자 친구들과 함께 피투성이가 된 개를 안고 동물 병원으로 갔습니다. 사고가 난 것은 오후 7시인데 개는 새벽 2시 숨을 거두었습니다. 저는 소리를 더 이상 볼 수 없습니다. 조처해 주세요. 저는 소리가 어머니나 아버지를 그렇게 해치는 광경이 눈앞에 어른거려 한숨도 잘 수 없었습니다. 저건 개가 아닙니다. '죽이는 기계'입니다. 개는 사슬에서 풀어서는 안 된다는 아버지의 교칙을 어긴 것은 죄송하게 생각합니다. 하지만 저는 개가 저렇게 잔인한 동물인 줄 몰랐습니다. 저런 '죽이는 기계'를 왜 가까이 두어야 합니까?"

"어떻게 하면 좋겠느냐?"

내가 물었다.

"더 이상은 제 눈에 띄지 않게 해 주세요."

그때가 6월 2일이었다. 나는 아들을 질책하지 않았다. 철창에서 소리를 풀어 준 것은 네가 아니었나? 계단을 뛰어 내려가다가 발을 헛디딘 것은 너의 실수가 아니었나? 네가 증오심 때문에 이성을 잃었기 때문이 아니냐? 나는 아들의 책임을 묻지 않았다. 나무라지도 않았다. 이렇게만 말했다.

"네가 집을 떠나 있던 근 3년 동안 소리는 우리를 지켜 주었다. 우리와 미운 정 고운 정 다 들어 있는 개를 하루 아침에 어떻게 하라고는 하지 말아 다오. 방법을 강구해 볼 터이니 한 달만 기다려 다오. 한 달 뒤에 다시 얘기하자. 되었니? 10년 전, 아이스박스에다 가스통을 넣자고 제안하던 너다."

6월이 다 가기까지 우리는 피차 소리 이야기는 하지 않았다. 아들이 개들의 우리 앞에 가는 일도 없었다. 아들의 통원 치료는 계속되었다. 6월 중순이 지나자 부기가 가라

앉으면서 아들이 직접 자동차를 운전해서 병원을 드나들었다. 7월에 들어서면서 우리 부부는 긴장했다. 아들이 약속한 날짜가 되었으니 개들의 신상을 의논하자고 할 터이기 때문이었다. 하지만 아들의 입에서는 그 말이 나오지 않았다.

결국 내가 먼저 그 문제를 건드리기로 했다.

모든 짐승은 제대로 관리하지 않으면 매우 위험한 것이다. 진돗개도 마찬가지다. 진돗개는 원래 사냥개여서 언제든 맹수로 돌변할 수 있는 매우 위험한 짐승이다. 그래서 풀어 주지도 말고, 산책할 때 데리고 가지 못하게 했던 것이다. 그런데 너는 아버지의 말에 따르지 않았다. 그래서 그런 일을 당한 것이다. 개가 본성에 따라 미래의 경쟁자를 제거했다고 해서 그 개에게 앙갚음을 하는 것은 어리석은 일이다. 동물원의 동물이 관람객을 해쳤다고 해서 그 동물을 총살하는 것은 어리석은 일이다. 야생동물은 원래 사람을 해칠 수 있는 맹수다. 관리자들이 관리 책임을 져야지, 그 동물을 총살하는 것은 얼마나 어리석은 일인가…… 이렇게는 주장하지 않았다. 설득당한 사람이 유쾌해하는 것을 나는 거의 본 적이 없다. 나는 아들을 논리로써 설득하지 않았다. 아들의 논리를 그럴듯한 논거로 논파하지도 않았다. 나는 기다렸다.

7월 중순이 되었다. 조그만 잡지에 짧은 글이 한 편 실렸는데 퍽 재미있었다. 현직 판사가 쓴 「신부님과 우산」이라는 글이었다. 내용은 이렇다.

판사가 비행 청소년을 위탁 관리하는 한 청소년 복지관을 방문했다. 한국어를 유창하게 하는 서양인 신부님이 그 시설을 관리하고 있었다. 신부님은, 복지관 아이들이 불량스러운 것 같지만 사실은 착하고 순수하다고 주장했다. 판사가 신부님 안내로 시설물을 돌아보기 위해 신부님 방을 나서면서 우산을 그 자리에 두고 나가려 했다. 신부님은 아이들이 훔쳐 간다면서 그 우산을 벽장에다 넣고 자물쇠를 채웠다. 판사는 어리둥절해했다. 그러자 신부님은, 우산 없는 아이들이 우산을 보면 훔치고 싶지 않겠느냐고 물었다. 판사는 그제야 신부님의 혜안에 감탄했다. 신부님은 아이들의 약점을 꿰뚫어 보고 그들에게 우산을 훔치고 싶어 하는 충동이 있다는 것을 미리 알고 그것을 사전에 차단하고 있었던 것이다.

아들에게 이 글을 읽게 했다. 다음 날 아들은 알았다, 고 할 뿐, 소리 이야기는 더 이상 꺼내지 않았다. 마음고생 많이 했을 터이나 아들은 나의 해답을 기다리지 않고 제쪽에서 문제를 없애 버린 것 같았다.

이제 하리 사건의 해결만 남아 있다. 아내의 관리 소홀 때문에 하리가 옆집 강아지를 물어 죽인 것이니, 하리에게 내려진 중징계를 해제할까, 말까? 여전히 소리와 하리가 부부가 될 경우 뒷감당이 마음에 걸린다.『법구경』에 여쭈어 보아야 할 것 같다.

종살이

숲 속에서 길을 잃는다. 참 난감한 노릇이다. 하지만 '길을 잃음'은 '길을 얻음'이 될 수 있지 않은가? 잘못 들어선 길이 지도를 만든다지 않는가? 잃음을 통해 내가 얻어 낸 길이 지도를 만드는 데 도움이 될 수 있지 않은가? 나는 거의 날마다 길을 잃고 헤맨다. 하지만 내가 이로써 지도를 그려 낼 수 있을지 그것은 두고 보아야 할 것 같다.

1년 전부터 이를 앓았다. 여행을 좋아하는 나에게 여로에서 마시는 찬 맥주 한 잔은 큰 위안이었다. 하지만 1년 전부터는 찬 맥주를 즐길 수가 없었다. 뜨거운 음식도 먹을 수 없었다. 치아가 찬 것과 뜨거운 것에 과민해졌기 때문이었다. 길에서 사 먹는 음식은 차거나 뜨겁기 마련이다. 나는 음식 사 먹기를 두려워하면서 여행을 두려워하기 시작했다.

이가 찬 것과 뜨거운 것에 민감해지면 냉큼 치과로 달려가면 된다. 치과는 신경 치료를 통해 이것을 해결해 준다. 치과, 참 무서운 곳이다. 하지만 치료 효과 또한 부르고 대답하는 것처럼 명쾌하다.

많은 사람들에게 그렇듯이 나에게도 갈 수 있는 치과는 한 곳밖에 없다. 고향 후배가 원장으로 있는 치과다. 치과, 한번 인연 맺어 놓으면 쉽게 바꿀 수 없는 곳이다. 그런데 나는 치과에 갈 수 없었다. 두려워서 그랬던가? 두렵기는 했다. 고향 후배 앞에 누워, 주먹 쥐고 진땀 흘리는 꼴 보이는 게 두려워 바지 주머니에 두 손 감추고 파르르 떠는 꼴 보여 주는 것도 그렇고, 선배라는 것이 후배 앞에서 으악, 으악, 비명을 지르는 것도 그렇다. 고백하거니와, 내가 치과에 갈 수 없었던 까닭은 두려움과는 무관하고 '싫음'과 밀접한 관계가 있다. 가기가 싫었다. 나는 그 고향 후배 다시 만나기가 싫었다. 고향 후배에 대한 반감은 그 친구의 골프 치기와 관계가 있다. 직접적인 관계는 아니다. 나는 골프 치기 자체를 비난하는 것은 아니다. 의술을 통한 인도주의 실천과 골프 치기는 어떤 관계가 있느냐고 그 친구에게 묻지도 않았다. 그러므로 간접적인 관계다. 골프와 간접적인 관계가 있는 일로 그에게 면박을 준 시점과, 내 치아에 문제가 생긴 시점은 거의 일치한다. 그러니까 약 1년 전의 일이다.

어느 날 무심코 보았더니 내 연하의 친구는 발목에다 이상한 것을 하나 차고 있었다. 각반 같기도 하고, 축구 선수들이 양말 안에다 차는 정강이뼈 보호대 같기도 했다. 그렇게 두꺼운 것이 아니어서, 앉아 있을 때는 눈에 보여도 일어서면 바지에 가려 보이지 않는 그런 물건이었다. 그게 무어냐고 내가 물었다.

"납으로 된 각반입니다."

내 연하의 친구가 대답했다.

"그걸 왜 차고 다니는데?"

"한 주일 내내 이걸 차고 진료하다가 주말에 골프장에 나가기 직전에 풀어 버리면 날아갈 것같이 다리가 가벼워진다고요."

그것참 신통한 물건이로군, 하고 넘어갔으면 좋았을 것을. 사서 하는 고생이네, 이렇게 비아냥거려 주고 넘어갔으면 좋았을 것을. 남에게 지기 싫어하는 성질머리, 쉰 살을 넘기고도 바뀌지 않는구나, 이러고 넘어갔으면 좋았을 것을. 기어이 싫은 소리 한마디 하고 말았다.

"호승심(好勝心)이 깊어져 호승벽(好勝癖)에 이르고 거기에 잠깐 머물다가 결국 호승증(好勝症)으로 악화되는 거 아닌가?"

"그런 진단은 의사나 하는 겁니다."

후배에게서 이렇게 싸늘한 반응이 건너왔다.

나는 날리지 말아야 할 직격탄을 날리고 말았다.

"진정한 자유가 어떤 것인지 주말이면 확실하게 깨닫게
될 테니 주중에는 내 집에서 종살이를 해 보지 그래?"

"형님은 지금 저의 호승심을 문제 삼고 있는 것이 아닙
니다. 제가 골프 치고 다니는 게 싫은 겁니다."

그렇게 되었다. 그래서 나는 이를 앓으면서도 치과에 갈
수 없었다. 가서 그 친구 앞에 눕기가 싫었다. 다른 치과에
가면 되는 일이기는 하다. 나에게는 치과 의사 친구가 여
럿 있다. 하지만 나는 다른 치과에 갈 수가 없었다. 내가
다른 치과를 찾아간다는 일이 내 후배에게 상처를 줄 수
있을 것 같았기 때문이다. 나는 그가 싫었지만 상처를 주
고 싶을 만큼 싫었던 것은 아니었다. 치과에 가지 않고 버
틴 1년 동안 내가 한 고생은 이루 말할 수 없다. 급기야는
양쪽 어금니가 솟아 아래윗니를 맞출 수 없었다. 씹는 것
이 거의 불가능했다. 그러고도 며칠을 유동식으로 버티었
다. 소문을 들었던지 그 친구에게서 전화가 두 차례나 걸
려 왔다.

"형님 뭐하세요? 빨리 치료받으러 오시지 않고?"

못 이기는 척하고 갔다. 아니다. 자복하는 마음으로 갔다. 나는 고통으로써 그 친구에게 저항했던 셈이다. 나의 고통으로써, 골프 치는 그 친구를 벌하고 있었던 셈이다. 견딜 수 없이 미안했다. 나는 사죄하는 심정으로 치과 병원으로 통하는 계단을 올랐다.

마취당하고 이를 뽑히고 돌아섰다. 그런데 나의 시선이 그 친구의 발목 근처를 어른대었던 모양이다. 그 친구가 말했다.

"각반 찾으세요? 에이, 1년 전에 벗어던졌어요. 자유가 어떤 것인지 주말이면 확실하게 깨닫게 될 테니 주중에는 내 집에서 종살이를 해 보지 그래? 형님이 하신 이 말씀 한마디에 정신이 번쩍 들더라고요."

사람의 숲 속에서 길을 자주 잃는다. 역시 난감한 노릇이다. 하지만 지도가 그려지고 있다. 아주 느리게, 그리고 희미하게.

유리
그림자

　우리 집은 산중에 있다. 산중이어서 새들이 참 많다. 그런데 그 새들이 자주 죽는다. 참새, 멧새, 어치 같은 새들이 자주 죽는다. 잘 닦여 거의 완벽하게 투명한 거실과 서재의 판유리 때문이다. 쿵 소리를 듣고 달려가 보면 판유리에는 거의 예외 없이 새의 깃털이 소복이 묻어 있고 바닥에는 죽은 새가 떨어져 있다. 많은 새들이 판유리에 비친 숲을 진짜 숲으로 오해하고 날아들다 희생되는 것이다. 이런 일은, 작은 새들이 천적인 포식자들에게 쫓길 때 자주 일어난다.

　어찌할 것인가?

　새들의 주검 앞에 서면 청마 유치환의 시 「춘신(春信)」이 떠오르면서 가슴이 아파진다.

꽃등인 양 창 앞에 한 그루 피어오른
살구꽃 연분홍 그늘 가지 새로
작은 멧새 하나 찾아와 무심코 놀다 가나니

적막한 들녘 끝 어디메서
작은 깃을 얽고 다리 오그리고 지나다가
이 보오얀 봄길을 찾아 문안하러 나왔느뇨?

앉았다 떠난 아름다운 그 가지에 여운 남아
뉘도 모를 한때를 아쉽게도 한들거리나니
꽃가지 그늘에서 그늘로 이어진 끝없이 작은 길이여

늦은 봄, 무심코 뜰을 내다보다가 소스라치게 놀랐다.
유리 탁자의 그림자를 처음 본 것이다. 뜰에는 내가 3년
전에 사들인 투명한 유리 탁자가 놓여 있었다. 그런데 나
는 3년 동안 한 번도 그 유리 탁자의 그림자를 본 적이 없
었다. 그림자가 희미하게나마 있기는 했을 것이나 내 주의
를 끌 정도가 못 되었기가 쉽다. 그런데 처음 본 그림자는
제법 선명했다.

이 그림자는 어디에서 온 것인가?

밖으로 나가 유리 탁자를 긁어 보았다. 유리 탁자 위에

는 송홧가루가 뽀얗게 앉아 있었다. 봄바람이 불면 산 사면에서 구름처럼 솟아오르던 그 송홧가루였다. 아, 송홧가루가 유리 탁자의 그림자를 만든 것이구나, 싶었다. 사물은 그림자가 있어야 비로소 온전해지는구나, 싶었다. 송홧가루는 우리가 짓는 일상의 작은 허물일 수도 있겠구나, 싶었다.

　판유리 창을 닦지 않기로 했다. 심지어는 판유리에 묻어 있는, 부딪혀 죽은 새들의 깃털조차 닦아 내지 않기로 했다. 판유리 창이 흐리면 숲이 선명하게 비치지 않을 터이니. 때 묻어 흐릿해야 새들이 유리를 사물로 인지할 수 있을 터이니. 완벽하게 투명한 것은 어차피 이 세상의 물건이 아닐 터이니.

　내게는, 제주도 한 호텔의, 너무나 잘 닦인 판유리에 부딪혀 앞니를 부러뜨린 친구가 있다. 너무 잘 닦인 유리여서 내 친구가 사물로 인식하지 못했던 것이다. 그런데도 나는 완벽하게 투명한 사물이 얼마나 위험한 물건인지 깨닫지 못하고 있었던 것이다.

　전화가 걸려 왔다. 발신자 번호를 보았다. 고향의 지역 번호가 찍혀 있어서 전화번호가 길었다. 어린 시절부터 지

.금까지 한결같이 만나 온 여자 친구였다. 딸이 결혼한다고 했다.

"……드디어 딸 시집보내는구나."

무심코 대꾸했더니 날이 시퍼렇게 선 말 한마디가 날아들었다.

"……말을 골라서 해라. 어떤 세상인데 아직도 딸 시집보낸다는 말을 쓰냐? 딸을 시집보내는 게 아니라 사위를 보는 거다."

이런 여자 친구였다. 상처받은 경험이 아주 많아 말씨가 독했다. 자기로서는 뜻 깊은 혼사인 만큼 꼭 내려와 주었으면 좋겠다고 했다. 그런데 문제는 날짜였다. 일요일이라고 했다.

일요일이라. 나는 여름이면 일요일에도 쉬지 못한다. 주말이 되어야 갈 수 있는 시골집의 농작물 때문이다. 손질을 한 주일만 걸러도 잡초 때문에 농작물이 녹아난다. 우기(雨期)에는 특히 그렇다.

갈 것인가, 말 것인가, 대답을 망설이면서 정교한 핑계를 준비하고 있는데 여자 친구가 기어이 한마디를 덧붙였다.

"……안 내려오면 네 마누라에게 불어 버리겠다. 네가 나에게 사랑을 고백한 적이 있다는 거, 다 불어 버리겠다."

또 그 소리냐? 내가 그 여자 친구에게 사랑을 고백한

적이 있던가? 없다. 설사 있었다고 하더라도 고등학생 시절의 일이다. 내 아내가 할 일이 없어서 그런 것 가지고 시비할까? 하지만 문제의 본질은 그것이 아니다. 나는 고백한 적이 없다. 이것이 본질이다. 느낀 적이 없으니 고백한적이 있을 리 없다.

중학생 시절의 일이다. 나에게는 매우 특별한 친구가 있었다. 시(詩) 쓰기를 즐겼다. 참 잘 쓰기도 했다. 아침에 학교에서 만나면 밤에 쓴 시가 적힌 쪽지를 나의 교복 바지 뒷주머니나 책가방에 찔러 넣어 주고는 했다. 똑같은 짓을 나도 했으니, 남들 보았으면 퍽 수상하다 싶었겠다.

이 친구의 여자 친구가 바로 내가 여기에다 쓰고 있는 그 여자 친구다. 그런데 가만히 보니 내 친구와 여자 친구 사이가 매우 가까웠다. 두 집안이 서로 잘 아는 사이였다. 그래서 초등학교 때부터 서로 알고 지내던 사이였다. 그런데 사춘기에 들어서면서 이들의 관계는 미묘하게 발전해 갔다. 고등학교 시절에 이미 두 집안에서는 이 둘의 관계를 공공연히 승인했을 정도였다. 이 둘은 나에게, 진학 문제, 장래 문제까지 의논하고는 했다. 하지만 내가 보기에는 너무 위험했다. 세상은 당시 우리가 알고 있던 것처럼 단순하지 않을 것이라는 나의 예감에 그들은 동의하지 않앉다. 하늘이 내려앉고 땅이 꺼지는 한이 있어도 저희들만은 변하지 않는다는 것이었다.

그런데 내가 예감하던 일이 일어났다. 여자 친구에 대한 내 친구의 열정이 식어 버린 것이었다. 식어 버린 정도가 아니라 아주 얼어 버린 것이었다. 여자 친구에게는 그게 청천벽력과 같았으리라.

그즈음이었다. 여자 친구는 남자 친구로부터 배신당했다는 느낌으로 몹시 괴로워했다. 실의에 빠진 채, 살기 싫다는 소리를 자주 입에 올리던 여자 친구는, 저러다 결행해 버리는 거 아닐까 싶을 정도로 음산한 분위기를 자주 지어 내고는 했다. 나는 그 여자 친구를 찾아가 위로의 말을 해 주었던 것으로 기억한다.

그로부터 오랜 세월이 지난 지금도 나는 고향에 내려가면 그 여자 친구를 만나고는 한다. 그런데 얼마 전 그 여자 친구는 나에게 참으로 놀라운 말을 했다. 자기가 실연하고 실의에 빠져 있을 당시 내가 저에게 이런 말을 하더라는 것이다.

"이제 그 녀석은 잊어버리고 나와 시작해 보자."

나는 말을 그런 식으로 하는 사람이 아니다. 지금도 아니고 그때도 아니었다. 그런데도 여자 친구는 내가 분명히 그렇게 말했노라고 벅벅 우겼다. 나는 결벽이 있어서 예나 지금이나 그런 감정의 처리는 에둘러서 하지 그렇게 직설적으로 하지 않는다.

'그 녀석'만 해도 그렇다. 그 친구는 나에게 또 하나의 '나'였다. 그 친구가 몹시 앓던 어느 날, 나는 만일에 그 친구가 죽으면 나 혼자서 살 수 있을까, 이런 생각까지 한 사람이다. 내가 그런 친구 등 뒤에서, 여자 친구에게 "나와 시작해 보자."고 할 사람인가? 단언하건데 아니다.

정말 듣지 말아야 할 소리를 들은 것 같았다. 정나미가 뚝 떨어졌지만 나는 여자 친구에게, 그런 소리 들을 때의 기분이 어땠느냐고 물어보았다. 놀랍게도, 유치하게 느껴지는 대신 참 정겹고 살갑게 들리더라고 했다. 그 소리 들은 이후로 나를 얼마나 경멸했을까 싶었다. 그런데 전혀 그렇지 않았다면서 결론 삼아 이렇게 덧붙였다.

"그것은 유치한 표현이 아니야. 인간의 결정적 진실이야."

결정적 진실? 나에게는 그렇게 결정적으로 진실했던 기억이 없다. 여자 친구의 뇌리에서 발생한 명백한 기억의 오류였다. 방증 자료가 될 만한 추억이 내게 있다. 선명하다.

고등학교 시절, 말의 쓰임새에 병적으로 집착할 때의 일이다.

내가 몸 붙여서 살고 있던 중학교 동창생 집 옆에는 빵 공장이 있었다. 식빵도 구워 내고 생과자도 구워 내던 곳이었다.

공장에는 교육을 받지 못한, 나이가 나보다 몇 살 많은 직공이 있었다. 영어를 읽지는 못했지만, 종이 깔때기에 넣은 액체 초콜릿으로 '해피 버스데이(Happy Birthday)'를 쓰는 데는 귀신이었다. 설탕을 녹여 꽃이나 잎을 만들고 이것으로 케이크를 장식하는 기술은, 적어도 내가 보기에는, 신기(神技)였다.

당시 교회의 학생회 간부 일을 맡아 보고 있을 즈음이어서 여학생들로부터 전화가 자주 걸려 왔다. 내 방으로 놀러올 때마다 그걸 굉장히 부러워하던 그 빵 공장 직공은 자기에게도 여자 친구가 있다면서 나 보란 듯이 내 방에서 여자 친구에게 전화를 걸고는 이렇게 말하는 것이었다.

"……순자야, 우리도 이제 친구 관계에서 애인 관계로 들어가자."

말의 쓰임새에 집착하고 있던 나에게 그의 표현이 너무나도 부적절하고 유치하게 들려서 견딜 수 없었다. 그 직공 앞에서 얼굴을 들 수 없었던 것은 물론, 그 말 한마디가 귓가를 맴돌 때마다 마음이 견딜 수 없이 불편해지고는 했다. 마음이 까닭 모르게 불편해서, 곰곰이 그 원인을 따지다 직공의 그 말 한마디 때문이라는 결론에 이른 적도 있었다.

그런데 참으로 놀라운 일이 일어나기는 했다. 그 직공과 순자가 '친구 관계에서 애인 관계'로 들어가기는 했다. 그러나 나는 죽어도 쓸 수 없는 표현이었다. '애인 관계'라는 것이 나에게 그리 절실하지도 않았다. 그러던 내가 어떻게 이렇게 말할 수 있었겠는가?

이제 그 녀석은 잊어버리고 나와 시작해 보자!

천만에. 없다. 그 여자 친구와 '시작해 보고' 싶었던 적은 단 한 번도 없다. 여자 친구의 기억 오류는 오히려 나와 '시작해 보고' 싶다는 생각에서 발생했을 가능성이 있다. '시작해 보자.' 사건에 대한 언급만 없었다면 나는 여자 친구에 대해 냉소적일 까닭이 조금도 없다.

내가 그 여자 친구를 만난 것은 중학생 때다. 함께 또 따로 참으로 긴 세월을 건너왔다. 그런데도 우리는 헤어져 본 적이 없다. 하나가 되어 본 적이 없기 때문이다. 내 여자 친구는 말이 많다. 잘못 걸리면 전화통 앞에 한 시간은 앉아 있어야 한다. 내 여자 친구는 말을 막 한다. 할 말 안 할 말 가리지 않는다. 그래서 주위의 친구들 싸움 붙이는 일이 흔하다. 그런데도 나는 왜 여자 친구를 그토록 좋아했던가? 가슴에 손을 넣고 생각해 본다. 내 친구가 준 상처 때문이었기가 쉽다. 내 친구의 배신으로 여자 친구 가슴에 생긴 그늘 때문이었기가 쉽다. 그 상처를 다독거리고 그 그늘을 나누는 것은 내가 오래전부터 해 왔고 지금도 하고 있는 일이다. 그는 지금도 내 친구의 안부를 궁금해 한다. 내 친구의 일거수일투족을 지금도 알고 있는 사람은 나뿐이기 때문이다.

내가 전화통을 붙잡고 짐짓 망설이는 기색을 보이자 여자 친구가 또 한마디 덧붙였다.

"우리 딸 말인데…… 너에게 책임이 없다고는 할 수 없다."

없다고 할 수 없으면? 책임이 있다는 소리 아닌가?

중국의 한 황제가 생각나서 실소가 나왔다. 황제가, 늘그막에 아들이 태어난 것이 너무 기뻤던 나머지 중신(重臣)들에게 특별 보너스를 주었더니 한 신하가 여쭈었단다.

"저희들은 거든 것이 없사온데 어찌 이렇게 후하게 하시나이까?"

이 질문을 받고는 황제가 되물었더란다.

"이 사람들아, 내가 아들을 낳는 데 자네들이 뭘 거들어야 하는데?"

하지만 나는 여자 친구에게 결혼식장에 나타날 것을 약속했다. 나타나야 할 자리였다. '책임'이라는 말이 귓가를 오래 맴돌았다.

"시골집 밭은 묵어 나자빠지는데 그 나이에 옛날 여자 친구까지 챙기게 생겼어?"

아내의 반응은 약간 퉁명스러웠다.

문제의 여자 친구, 중학생 시절에는 키가 나보다 컸다. 아마 유소년기의 영양 결핍 때문이었겠지만 중학생 시절의 내 키는 평균을 밑돌았다. 여자 친구는 나의 체면을 고려해서, 함께 길을 걸을 때면 꼭 보도(步道)의 낮은 곳을 골라 걷고는 했다. 유복한 집 딸이어서 나에게 먹을 것도, 나의 자존심이 상하지 않을 만큼, 곧잘 사 주었다. 번듯한 직장을 갖기까지 내가 그에게 술이나 밥을 사 본 적은, 모르기는 하지만, 한 번도 없을 것이다. 나는 그 은혜를 결코 잊지 않고 있다. 따라서 그는 나를 위협할 필요가 전혀 없다.

사실 여자 친구의 수중에는, 나에게 위협적인 무기가 몇 종류 더 있다. 나에게는, 그런 무기가 존재한다는 사실 자체가 실로 악몽이다.

고등학교 시절 나는 교회를 떠났다. 이어서 종교 문제에 대한 갈등이 시작되었다. 나는 교회가 싫어하는 짓들을 많이 했다. 교회의 대척점에는 절집이 있었다. 교회를 떠난 뒤부터 나는 절집을 즐겨 찾아다녔다. 자꾸 그쪽이 좋아 보였다. 출가한 종형(從兄)이 주지(住持) 노릇 하던 절에 한 달쯤 머문 적도 있다. 아주 머리를 깎아 버릴까, 생각해 본 적도 있다.

어느 날 한낮에 본 광경을 나는 잊을 수 없다. 비가 온 뒤였다. 절집 문을 열고 무심코 밖으로 눈길을 던졌더니, 절집 마당에 작은 고지랑물 웅덩이가 보였다. 웅덩이 가장자리로는 노란 테가 보였다. 무엇일까, 싶어서 나가 보았다. 지름 2미터 정도의 얕은 고지랑물 웅덩이였다. 봄철의 송홧가루가 날아와 그 웅덩이 가장자리에 모여 만들어진 노란 테였다. 그 웅덩이에는 노란 송홧가루만 있었던 것이 아니었다. 구름도 있었고 나무도 있었고, 무엇보다도, 하얀 낮달도 있었다. 그지없이 아름다웠다. 참 아름다웠다.

하이고, 중노릇은 안 되겠구나, 싶었다.

다음 날 나는 보따리를 싸서 산을 내려왔다.

한 달 가까이 살았는데도 그 절집은 내 기억에서 지워졌다. 송홧가루가 떠 있던 그 고지랑물 웅덩이만 내 기억에 남아 있다. 송홧가루가 그 풍경을 어떻게 미학적으로 완성했는지 설명하는 일에 관한 한 나는 난감하다.

그해 가을에 입대했다.

같은 서울 하늘 아래서 내가 그에게 편지를 보냈을 가능성은 거의 없다. 대부분의 편지는 군대 생활 하면서 보냈던 것 같다. 덜 익은 생각을 되지도 않은 문장에 실어 마구 적어 보냈던 것 같다. 삶에 대해서, 세계에 대해서 여물지도 않은 머리로 마구 생각하고 마구 써 보냈던 것 같다. 교회를 비난하는 편지, 교회에서 만난 다른 친구를 비방하는 편지도 있었을 것이다. 그리움에 대해서, 외로움에 대해서도 써 보냈을 것이다. 유리컵 씹어 뱉는 기분으로 쓴, 사금파리 같은 편지도 있을 것이다. 허구한 날 이것저것 사 보내 달라고 편지질을 했으니 돈 꿔 달라는 내용으로 편지를 안 썼다고 나는 장담하기 어렵다. 이게 바로 내 여자 친구가 지닌, 나에게 치명적인 무기다.

언젠가 그 집에서 그 편지 뭉치를 본 적이 있다. 서부 영화에 나오는, 돌돌 말아 고무줄로 묶은 카우보이의 달러 뭉치 같았다.

아무리 돌려 달라고 해도 막무가내였다. 내가 유명한 사람이 되면 출판하겠단다. 내가 세계적으로 유명한 사람이 되면 경매에 내놓겠단다. 나에게 유명 인사가 될 가능성이 있는 것으로 보아 주는 것은 고마운 일이나 불행히도 그런 일이 일어난다는 것은 참으로 무서운 일이다. 생각할수록 모골이 송연해진다. 그 편지의 일부가 공개되는 상황을 생각하면 소름이 다 돋는다.

하지만 나는 두 가지 점에서 그다지 걱정하고 있지 않
다. 나에게 그만큼 유명 인사가 될 가능성이 별로 없으니
출판될 가능성이 거의 없고, 세계적으로 유명 인사가 될
것 같지 않으니 경매에 부쳐지는 일도 없으리라는 점에서
는 안심이 된다. 두 번째로 안심이 되는 것은 그 여자 친구
에게 나는 한 번도 연애 감정을 느끼거나 드러낸 적이 없
다는 점이다. 그도 내가 도무지 이성으로 여겨지지 않는다
고 고백한 게 한두 번이 아니다. 따라서 그 편지 뭉치에 촉
촉한 사연은 단 한 줄도 없을 것으로 나는 확신한다.

아쉬운 소리를 적은 편지가 많을 것으로 짐작된다. 어렵
던 시절 그 여자 친구의 신세를 많이 졌으니. 군인 시절에
는 여자 친구에게, 이러저러한 책을 사 보낼 것을 요구하기
도 했다. 전투병으로 베트남 전쟁터에 있을 당시 일본 작
가 가와바타 야쓰나리가 노벨 문학상을 받았던 것 같다.
베트남에서, 그의 수상작품 『유키구니[雪國]』의 일본 원서
를 사서 보내라고 지급 전보를 때렸다. 아직도 내 수중에
있는 이 책 면지(面紙)에는, "1971년 6월 10일, ××가 보
내 주었다. 푸엔 성(省) 남지나 해변에서, 소포 끈을 풀기가
바빠 칼로 잘랐다."라는 글귀가 적혀 있다. 마구 감격했던
흔적이다.

하지만 좋은 기억은 잠깐이다. 그의 수중에는, 세상에 공개되어서는 절대로 안 되는 두 통의 편지가 있다. 그 편지, 지금 생각해도 진땀이 난다.

"네 딸 결혼식에 축의금 봉투 두껍게 만들어 내려갈 테니, 그 편지 두 통만은 좀 돌려 다오. 돌려 주기 싫으면 내 앞에서 좀 불살라 다오, 내가 이렇게 빈다."

"그렇게 내려오기 싫으면 내려오지 마. 너 없다고 내 딸 결혼식 못 올리겠어? 그건 내 재산인데 왜 자꾸 돌려 달래?"

'내 재산'? 그는 아무래도 오해하고 있는 것 같다. 그 편지들의 지적 재산권은 그에게 있지 않다. 하지만 다툴 수는 없는 일이다. 그가 내 코를 꿰고 있어서 다투면 나는 치명상을 입을 수도 있다.

내게는 각별한 친구가 하나 더 있다. 중학교 1학년 때부터 나를 돌보아 준 큰 부잣집의 장남이다. 나와는 같은 중학교를 다녔다. 게다가 같은 학년이었다. 나는 그 친구의 아우를 가르치면서 3년쯤 그 집 주위를 맴돌았다. 그 집의 보살핌을 받지 못했다면 나는 공부를 계속할 수 없었을 것이다. 큰 부잣집의 장남이라 늘 넉넉했다. 1960년대에는 고향에서, 1970년대에는 서울에서 자주 만났다. 유복한 집 아들이어서 나에게 먹을 것도, 나의 자존심이 상하지 않을 만큼, 곧잘 사 주었다. 반듯한 직장을 갖기까지 내가 그에게 술이나 밥을 사 본 적은, 모르기는 하지만, 한 번도 없을 것이다.

내가 술을 많이 마시는 것은 그 친구 때문이 아닐까, 이런 생각을 이따금씩 한다. 소주와 맥주는 술 축에 들지도 못했다. 그 친구는 손이 컸다. 1960년대 말에 나는 이미 그 친구 덕분에 외국산 위스키에 맛을 들였다. 외국산 위스키만 취하게 마시는 날이 잦았다. 술값에 관한 한 나는 늘 적수공권(赤手空拳)이었다.

입대한 지 2년째 되던 해, 베트남에서 서울로 휴가를 나왔다. 열흘간의 빠듯한 일정이었다. 경기도 오산의 미군기지 비행장에서 입국 수속을 밟았다. 입국장으로 들어와 보고는 눈을 의심했다. 형님 두 분과 형수님들이 마중 나와 있었다. 막내 아우가 사지(死地)에서 휴가 나온다고 고향에서 그 먼 길을 달려왔던 것이다. 그런데 형님들 옆에 웬 한복 입은 여자가 서 있었다.

누구시더라?

나의 여자 친구였다. 뜻밖이었다. 기억에는 남아 있지 않지만 나는 여자 친구에게, 언제, 어디로 입국한다는 내

용의 편지를 써 보냈을 것이다. 써 보내지 않았다면 그가 어떻게 오산으로 올 수 있었겠는가? 아마 그 편지도 그의 수중에 있을 것이다. 문제는 그것이었다. 그런다고 그런 자리에 나타나? 내 여자 친구는 이런 종류의 '오버'를 잘했다. 내가 나무라면 '다른 사람을 행복하게 해 주는 기술'이라고 둘러댔다.

형님과 형수님 들은 나와 내 여자 친구를 연인 사이로 믿는 듯했다. 명백히 아닌데도 불구하고 나는 아니라고 하지 않았다. 내 여자 친구는 나의 연인이 아니었다. 나와 여자 친구는 한 번도 연인이었던 적이 없다. 여자 친구는 그래서 형님, 형수님 들의 오해에 시달리면서도 즐거워했다.

고향으로 내려가 성묘하고 꼭 찾아보아야 할 사람들을 만나고 귀경했다. 서울에도 만날 사람들이 많았다. 일정이 빠듯했다. 여자 친구와 내 친구를 따로따로 만나자니 시일이 너무 촉박했다. 그래서 두 사람에게 각기 전화를 걸어 함께 만나도 좋겠느냐고 물었다. 두 사람은 선선히 양해해 주었다. 두 사람은 나를 통하여 자주 서로의 이름을 들었을 뿐, 그때까지 일면식도 없었다.

내 여자 친구는 책을 가까이 했다. 그래서 박식하기 그지없었다. 대학 시절에는 운동권 학생회장의 여자 친구이기도 했다. 둘은 결혼할 것 같기도 했다. 고급 관리의 딸인 여자 친구는 재벌가 사람들을 좋아하지 않았다. 그런데 내 친구는 재벌의 아들이었다.

내 친구는 지적인 분위기를 좋아하지 않았다. 대신 사람 사귀기를 좋아해서 술자리가 늘 밝고 풍성했다. 사업과 관련 없는 이야기를 좋아하지 않는 내 친구에게 나는 문사철(文史哲)을 늘 삼갔다. 내 친구는 잘 나서는 여자, 말이 많은 여자를 좋아하지 않았는데 내 여자 친구는 나서기를 좋아하고 말하기를 좋아했다.

셋이서 오랜 시간 술을 마셨던 것 같다. 서로에 대한 두 사람의 반응은, 내가 당시에 확인해 보지 않아서 잘 모르겠지만 서로 특별한 호감을 갖는 것 같지는 않았다. 취한 채, 베트남 이야기를 나 혼자 많이 했던 것 같다. 친구와 단둘이서 한 번, 여자 친구와 단둘이서 한 번 마셨던 것 같다. 셋이서 만나 술을 마신 것은 딱 한 차례뿐이었던 것 같다. 그해 초겨울 나는 서둘러 베트남으로 복귀하지 않으면 안 되었다.

그러고는 잊고 있었다.

베트남으로 돌아간 뒤에도 친구와 여자 친구에게 여러 차례 편지를 썼다. 내면 일기 비슷한 편지들이었을 것이다. 베트남은 내가 언제든지 죽음을 당할 수 있는 땅이었다. 죽음의 공포와 상상력에는 밀접한 관계가 있다. 상상력이

틈입할 여지를 주지 않으면 죽음의 공포도 밀려들지 않는다. 나는 상상하지 않으려고 무수한 말과 글을 부렸던 것 같다. 친구와 여자 친구는 내가 나의 내면을 끊임없이 토로하던 두 개의 통로였다. 여자 친구에게 더 많은 편지를 보냈다.

그러다 날벼락을 맞았다. 사상자가 많이 났던 한 전투에서 귀환한 직후에 보낸 편지 때문이었던 것 같다. 여자 친구가 나에게 항의하는 편지를 보낸 것이다. 내 친구와 자기에게 배달된 편지의 내용이 토씨 하나까지 똑같다는 것이었다. 한 장은 쓰고 한 장은 먼저 쓴 것을 그대로 베끼지 않았다면 어떻게 그런 일이 일어날 수 있느냐는 것이었다. 내 친구의, 비아냥이 잔뜩 담긴 편지도 연이어 날아들었다. 나의 무성의가 두 사람을 매우 섭섭하게 만들었지만 결국은 매우 유쾌하게 만들어 주었다는 내용이었다.

피가 거꾸로 솟구치는 것 같았다.

'토씨 하나'까지는 모르겠지만 어느 정도 개연성은 있었다. 나는 예나 지금이나 머릿속에서 글 쓰기를 끝내 놓고는 아주 짧은 시간에 이것을 종이에다 옮긴다. 편지도 마찬가지다. 편지지를 펴 놓고는 생각을 가다듬어 가면서 쓰지 않은 지가 오래된다. 요즘은 그게 꽤 익숙해져서, 몇 시간 머릿속으로 그려도 컴퓨터 앞에서 실제로 글을 쓰는

81

시간은 5분에서 10분밖에 안 된다. 그래서 누가 보면 내가 허구한 날 빈둥거리며 노는 줄 안다. 따라서 극적인 한 사건을 묘사하면서 두 사람에게 각각 보낸 두 통의 편지에다 거의 같은 단어를 적었을 가능성은 얼마든지 있다. 사상자가 많이 났던 전투 이야기를 쓴 편지였던 것 같다.

또 하나의 가능성은 정신의 상태와 밀접한 관련이 있다. 베트남에 있을 당시 나는 단검 던지기의 명수였다. 베트남으로 떠나기 전에는 나에게 그런 기술이 있다는 것을 알지 못했다. 단검을 잘 던져, 나의 단검은 '근거리(近距離)일 경우에는 자동소총 M-16보다 더 빠르고 정확하다.'는 평판을 얻기도 했다. 하지만 이 기술은 전투 현장에 투입된 동안만 유효했다. 나는 베트남 근무 약 8개월 만에 전투 현장 투입을 면제받았다. 단검 던지는 기술을 배우려는 전우들이 많았지만 그 기술은 이미 내게서 거짓말처럼 사라져 버린 다음이어서 가르쳐 줄 수 없었다. 나는 그런 정신 현상이, 두 통의, 아주 똑같은 편지를 쓰게 했을 수도 있다고 생각한다. 분명한 것은, 편지 한 통을 쓰고는, 그걸 베껴 다른 한 통을 쓰지는 않았다는 것이다. 그렇지만 동어를 고스란히 반복했다는 두 통의 편지가 나를 몹시 부끄럽게, 참담하게 만들었다.

어째서 그런 일이 생겼을까? 나는 이 질문을 하루 종일

던지고 나서야 저녁 무렵에, 어째서 두 사람이 이것을 확인할 수 있었느냐는 질문을 던질 수 있었다.

아, 이것들이 나 모르게 뒤에서 연애질을 하고 있었구나!

그렇지 않고서야 두 통의 편지에서 동어가 고스란히 반복되고 있다는 것을 서로 확인할 수 없지 않은가. 두 사람이 가까워질 것이라고 전혀 예측하지 못했던 것은 사실이다. 하지만 그렇다고 해서 한 통의 편지를 두 사람에게 보낼 만큼 나의 필력이 구차했던 것도 아니다. 토씨까지 똑같았다는 편지 두 통은 여자 친구가 보관하고 있을 것 같다. 그거라도 돌려받았으면 좋겠는데, 여자 친구는 여전히 막무가내다.

그랬을까? 내 뒤에서 나를 비아냥거리면서, 험담하면서 가까워졌던 것일까? 두 통의 편지를 펴 놓고 토씨 하나까지 대조하면서 두 사람이 낄낄대는 모습을 멀리 베트남에서 자주 떠올렸다. 진땀이 났다.

내가 베트남에서 귀국, 잔여 복무 기간을 채우기 위해 오두산 관측소(지금의 통일전망대)로 배치되는 날, 두 사람은 약간 이른 결혼식을 올렸다. 그런데 두 사람을 속속들이 알고 있던 나에게는 그 결혼이 불가사의했다. 문사철 이야기를 좋아하던 지적인 처녀가 부자 총각에게 투항해 버린 것일까? 지적인 분위기를 싫어하던 그 부자 총각이,

토론 좋아하고 말싸움 좋아하던 처녀에게 투항했던 것일까? 틀림없는 것은, 내가 두 사람의 중간 지점에 위치하고 있었다는 것이다. 두 사람이 내 등을 타 넘어 하나가 되었다는 것이다.

다음 해 내 여자 친구는 딸을 낳았는데, 여자 친구가 초대하는 자리는 바로 그 딸의 약간 늦은 결혼식이었다. 딸이 태어났지만, 가슴 아프게도 두 사람의 결혼 생활은 행복하지도 길지도 못했다. 혼자서 그 딸을 키운 여자 친구는 나에게 '너에게 책임이 없다고는 할 수 없다.'라고 함으로써 두 통의 편지 이야기를 암시하려 했던 것일까? 너의 소개가 지은 인연, 네 편지가 지은 인연에서 너는 자유롭지 못하다, 그는 이렇게 말하고 싶었던 것일까? 하지만 그는 언젠가 나에게 말했다.

두 통의 편지가 아주 똑같다는 것을 확인했는데도 네가 미워지지는 않더라. 파렴치하게는 여겨지지 않더라. 오히려 네가 더 가엾게 보였던 것 같다. 연민이라고 하나? 좀 이상한 일이지만 증거가 있잖아? 남편과는 갈라선 지 오래지만 우리 사이는 변함없잖아?

그렇다고 하더라도 나는 어떻게든 이 두 통의 편지가 공개되어 나란히 대조되는 불상사만은 막아야 한다. 고향으로 내려갔다.

잘들 여물었구나 싶었다. 연상의 신부가 고왔다. 연하의 신랑은 육군 대위라고 했다. 신랑과 신부는 정복 차림의 장교들이 뽑아 든 'ㅅ' 자 모양의 행사도(行事刀)의 숲을 지났다. 고향 땅이어서 반가운 얼굴들이 많았다. 피로연에서 발견한 두 가지 사실에 나는 가볍게 놀랐다. 중학생 시절부터 알던 그 많은 친구들이 거의 예외 없이 여전히 교회 곁을 맴돌고 있다는 것이 그 하나, 그렇게 교회 곁을 맴도는데도 불구하고 거의 예외 없이 술고래들이 되어 있다는 것이 그 둘이었다. 소녀에서 처녀로, 처녀에서 아내로, 아내에서 친정엄마와 장모로 진화한 나의 '예수쟁이' 여자 친구도 돌아오는 술잔을 사양하지 않았다.

피로연이 끝날 무렵 신랑 신부가 내 자리로 왔다. 신부가 신랑에게 나를 소개했다.

"아빠의 친구이시자 엄마의 친구이시기도 해."

신부 아버지와 신부 어머니의 친구를 겸하는 사람으로는 내가 유일했다. 신부는 나에게 각별한 호의를 보이는 뜻으로 내 자리에 꽤 오래 머물렀다. 친부(親父) 이야기는 나도 신부도 꺼내지 않았다. 신부에게 상처가 될까 싶어서, 신부의 친부가 내 친구인데도 불구하고 안부도 물어보지 않았다. 의례적인 이야기만 했다.

"사귄 지 얼마나 되었니?"

"3년요."

"오래들 기다렸네?"

"신랑은 못 들은 척해……."

신부는 신랑에게 다짐을 준 뒤, 내게로 돌아앉으면서 말을 이었다.

"……바늘로 찔러도 피 한 방울 안 나오는, 머리끝부터 발끝까지 군인이었어요. 정나미가 떨어질 정도로 정돈된 사람, 있죠? 그런데 3년 가까이 바라보니까 빈틈이 보이기 시작하더라고요. 그늘이 보이기 시작하더라고요. 군인이라는 사람이 기르던 개 죽었다고 하소연하다 말고 돌아앉아서 코를 팽 풀지 않나. 회 접시 위에서 눈을 껌벅거리는 광어 머리를 보고는 젓가락을 놓아 버리지를 않나……. 그런데요, 베트남 아저씨, 이상해요. 그러고부터는 그런 점이 예뻐 보이기 시작하더라고요. 그래서 제가, 결혼해 달라고 졸랐죠."

그래, 원래 그런 것이다, 싶어서 어린 시절부터 나를 '베트남 아저씨'라고 부르던 신부와, 신랑인 육군 대위에게 '유리 그림자' 이야기를 들려주었다. 송홧가루가 비로소 보이게 한 유리 탁자의 그림자 이야기를 들려주었다.

신부가 보인 반응, 아, 해피엔딩이었다.

"베트남 아저씨께 주례 부탁할 걸 그랬네? 그런데요, 베트남 아저씨, 엄마한테는 아저씨가 옛날에 보낸 편지가 '디따' 많이 있었어요. 그런데 얼마 전에 보니까 그 편지 뭉치가, 엄마가 저에게 물려준 삼층장 서랍에 들어 있더라고요. 신혼여행 갔다 와서 아저씨께 선물로 드릴게요. 신랑, 우리 아저씨 얘기 재미있지?"

보르항에 이른 길

정영훈(문학평론가 · 경상대 국문과 교수)

"한 사람 안에는 넓게는 인류사가, 좁게는 일문(一門)의 가족사가 보편 무의식으로 자리 잡고 있다고 나는 생각한다."(「나비 넥타이」, 『나비 넥타이』, 189쪽) 아마도 이윤기 소설 전체를 아우르는 핵심적인 생각을 이만큼 압축적으로 보여 주는 문장도 달리 없을 것이다. 이윤기 소설은 한 사람의 삶으로부터 어떤 보편적인 차원을 이끌어 내고자 하는 욕망을 간직하고 있다. 한 사람의 삶은 어떻게 개별적이기를 그치고 보편적인 차원을 획득하는가. 한 사람에 대해 이야기하는 것이 어떻게 그를 둘러싼 세계 전부에 대해 이야기하는 것이 될 수 있는가. 이것이 이윤기 소설이 품고 있는 질문들이다. 이제 이 질문에 답하면서 이윤기가 써 내려간 소설들을 읽어 보려 한다. 대체로는 발표 순서를 따라 읽어 나가겠지만 필요할 경우, 시기를 달리하는 작품들을 한자리에 놓기도 할 것이다. 그가 남긴 글 모두를 대상으로 삼겠다는 생각은 애초부터 가지지 않았다. 그랬다면 이 글은 시작조차 할 수 없었을 것이다. 그렇지만 그가 남긴 번역물과 신화 해설서들이 작가론 서술을 위한 자료가 되어야 하리라는 생각은 하고 있다. 그러므로 이 글은 한 작은 출발점에 지나지 않는다.[1]

1

이윤기 소설의 갈피마다에는 작가 이윤기가 남긴 삶의 흔적들이 고스란히 묻어 있다. 연보를 나란히 놓고 읽으면, 소설에 등장하는 다양한 에피소드들이 그가 살아온

---

1) 이 글에서 사용한 텍스트는 다음과 같다. 『하늘의 문』(열린책들, 1994), 『햇빛과 달빛』(《문학동네》, 1995년 여름~1996년 봄), 『사랑의 종자』(《문예중앙》, 1995년 가을), 『뿌리와 날개』(현대문학, 1998), 『나무가 기도하는 집』(세계사, 1999), 『그리운 흔적』(문학사상사, 2000), 『나비 넥타이』(2판, 민음사, 2005), 『두물머리』(민음사, 2000), 『노래의 날개』(민음사, 2003), 『내 시대의 초상』(문학과지성사, 2003). 소설집에 수록된 단편을 인용할 경우 작품과 함께 소설집의 제목을 나란히 쓰고, 뒤에 다시 작품이 언급될 경우 소설집 제목은 생략하였다.

삶의 자리 어디쯤에서 왔는지 누구라도 쉽게 짐작할 수 있을 것이다. 그는 월남전에 참전하고, 제대 후 건설 공사장을 전전하고, 잡지 기자 노릇을 하며 취재를 하고, 신화 연구에 몰두하고, 미국으로 건너가 공부를 하던 일들을 자기와 무관한 일인 양 가장하지 않고 쓴다. 자기 삶에서 직접 건져 온 것이거나 바로 곁에서 지켜본 누군가의 삶이 아니면 좀처럼 소설의 소재로 삼지 않으려고 결심한 것처럼 보인다. 그의 소설 속 인물들을 총칭하여 "이윤기적 자아"[2]라고 부르는 것은 조금도 어색하지 않다. 자신의 체험을 소재로 하고 있다는 사실이 확실히 이윤기 소설에서는 강점이 되고 있다. 그의 체험이 그만큼 특별하기 때문이기도 하지만 무엇보다 이렇게 누적된 체험들이 세계를 바라보는 그의 눈을 그만큼 웅숭깊게 만들어 주었기 때문이다.

이윤기 역시 이 사실을 잘 알고 있다. 그는 이렇게 쓸 수 있는 몇 안 되는 작가다. "사격장의 감적호(監的壕)에 들어앉아 있어 본 사람들은 알 것이다. 총탄은 사람 옆을 지날 때 '딱딱' 소리에 가까운 특이한 소리를 낸다."(「크레슨트 비치」, 『나비 넥타이』, 34쪽) "우리에게는 절규하는 부상병을

2) 김경수, 「사다리로서의 소설과 소설 쓰기」, 『나무가 기도하는 집』, 세계사, 1999, 226쪽.

증오해 본 경험이 있다. 그 소리가 적을 불러들일 수 있기 때문이었다. 선한 목자 같았으면, 늑대를 불러들인다고 해서 부상당한 어린양의 우는 입을 틀어막지는 않았을 것이다. 그러나 우리는 선한 목자는커녕 홑 목자도 못 되었다. 우리는 어린양이었다."(「하얀 헬리콥터」, 『나비 넥타이』, 59쪽) "알 것이다."라고, 누구나 그런 일을 겪어 본 것처럼 능쳐서 이야기하고 있지만, 이 문장을 감싸고 있는 은근한 자부심까지 감출 수 있는 것은 아니다. 감적호에 들어앉거나 절규하는 부상병과 함께 있는 것이, 어찌 누구나 '경험'해 볼 수 있는 그런 일일까. 이윤기 소설이 우리에게 주는 매력 중 하나가 여기에 있다. 우리는 모든 상황에 처해 볼 수 없으므로, 특정한 상황에 처하게 될 때 우리가 어떤 존재가 될지 스스로도 알지 못한다. 상상을 통해 인간의 가능성을 탐문해 볼 수도 있지만, 이윤기 소설은 상상 대신 자신이 경험한 것을 가지고 이미 구현된 인간의 가능성을, 그러니까 우리가 흔히 볼 수 없었던 그 모습을 보여 줌으로써 인간에 대한 이해를 확장시킨다. 아마도 이런 경험들이 사람에 대한 이해를, 그러니까 사람을 마주 대할 때 그에게서 어떤 앎을 직관적으로, 직감적으로 얻게 하는 것이리라.

그러나 특별한 체험을 가지고 있는 작가들이 모두 좋은

작품을 쓰는 것은 아니다. 이윤기는 자기 체험을 명징한 언어로 표현해 낼 줄 안다. 이윤기 소설의 문장은 오컴의 면도날처럼 단순하고 명료하다. "저기다 싶으면 옆 돌아보지 않고 똑바로 가는 스타일"인 소설 속 인물들처럼 이윤기 소설의 문장 역시 본질로 직진해 들어간다. 조금도 머뭇거리지 않고 곧장 본질을 낚아챈다. 그러나 오해해서는 안 된다. 이윤기의 문장은 경제적이지만, 전하고자 하는 정보를 제시하는 것으로써 소임을 다했다고 여기고 간단하게 소비되고 마는 그런 유의 문장과는 거리가 멀다. "내가 알기로, 콧수염이라는 것은 거기에 어울리는 어떤 정서가 마련되기 전에는 기르지 못하는 물건이다." "사람의 상상력이, 쥐가 쥐구멍에서 직립한 채로 뒷짐 지고 나오는 것까지 상상할 수 있을 만큼 풍부해야 하는 것은 아니다." (「나비 넥타이」, 193쪽) 이런 식으로 단순하고 명료하고 경제적이어서 오히려 미적으로 느껴지는, 몸통을 이루고 있는 요소 어느 한 곳에도 사치스러운 구석이 없는 그런 문장이 이윤기가 구사하는 문장이다.

　「나비 넥타이」에서 소설 속 화자는 "100리 길을 잘 걸어 내는 것은 다리 힘이 내는 주력이 아니다. 단조로움을 이겨 내는 데 절대로 필요한 완벽한 체념 상태와, 남은 거리를 줄이기 위해서는 오로지 걷고 또 걷는 수밖에 없다는 처절한 확신에서 오는 절망감이다."(195쪽)라고 쓰고 있다. 한사코 버스 타기를 마다하고 100리 길을 걸어 시골과 대구를 오가는 노인네에 관해 적은 것이지만, 이 간결한 몇 개의 문장이 젊은 날 대구에서 서울을 거쳐 부산까지 도보로 주파한 이윤기 자신의 체험에서 왔음은 너무도 분명하다. 이윤기는 우리를 대신해서 체험하고, 그렇게 해서 얻은 어떤 깨달음을 우리에게 나누어 준다. 그 깨달음은 비단 작가 자기에게만 진실이 아닌, 보다 보편적인 차원의 진실을 담고 있다. 평론가 이남호가 "소설의 문맥 안에서만 진실인 것이 아니라 소설의 문맥을 벗어나서도 진실"[3]이라고 했던 바로 그런 차원의 진실을 담고 있다는 점에서, 이윤기의 체험은 이미 보편성을 획득하고 있다.

2

이윤기에게 『하늘의 문』은 여러모로 중요한 소설이다. 『하늘의 문』은 이윤기 소설에서 중요한 변곡점을 이룬다. 이 소설을 쓰면서 본격적으로 작가의 길을 걷게 되었다는

---

3) 이남호, 「이윤기 소설을 읽는 아홉 가지 이유」, 『나비 넥타이』(2판), 민음사, 2005, 397쪽.

점에서도 그렇지만, 무엇보다 이 소설과 더불어 이윤기 소설에 큰 변화가 주어졌기 때문이다. 이 소설은 이윤기가 적어도 이 시기에 이르러 글쓰기를 통해 얻고자 했던 것이 무엇인지 압축적으로 보여 준다. 이 소설을 이야기할 때는 무엇보다 이전에 발표한 작품들을 화자의 경험 속에 끼워 넣고 있다는 점을 지적할 필요가 있다. 손쉽게 무임승차를 하려 한 것이 아니라면 이렇게 써야만 했던 이유가 있을 것이다. 작가는 「하얀 헬리콥터」를 비롯하여 삶의 한 단면을 예각화하여 드러낸 작품들을 화자의 경험 속에 포괄함으로써 더 큰 이야기의 일부로 바꾸고 있다. 전체 삶의 일부로 맥락화하고 있다고나 할까. 이를테면 『하늘의 문』은 이제까지 쓴 소설들이 놓이는 '삶의 자리'다. 삶의 한 시기에서 떨어져 나와 독자성을 가졌던 이야기들은 더 큰 이야기 구조 속에 놓임으로써 저마다의 기원을 찾아가고 맥락 속으로 편입된다. 그리고 무엇보다도, 이 과정에서 이윤기 자신의 삶 역시 더 큰 이야기 구조 속으로 편입된다.

더 큰 이야기 구조라 했거니와, 여기에는 신화적이고 역사적인 두 개의 차원이 있다. 먼저 신화적인 차원에 대해, 이윤기에게 신화가 얼마나 각별한지 굳이 이야기해야 할까. 그가 공들여 번역하고 오랜 시간을 들여 공부한 것이 신화다. 번역가, 소설가와 함께 그의 이름 옆에 나란히 놓이는 타이틀이 신화 연구가다. 그는 서구의 많은 작가들이 그러했듯이 "끊임없이 신화를 자기 시대에 맞게 재해석하고, 신화로써 사람이 사는 이치의 규명을 시도"(『하늘의 문』)하였다. 신화는 그의 소설 쓰기에도 일정 정도 영향을 끼치고 있다. 그의 소설 어느 곳을 펼치든 신화 이야기, 신화와 관련된 해석들을 만날 수 있다. "사람의 본래 모습을 그린 아득한 옛날의 신화 한 자락만 들은 적이 있었어도 내 세상은 그렇게 무너지는 것 같지 않았으리."(『그리운 흔적』, 117쪽) "나에게 고대 신화는 또 하나의 문이다. 출입문이나 창문은 현실적 구체성 안에 존재하는 문이지만 고대 신화는 구체적 현실성 밖에 존재하는 문이다. 고대 신화는 현실이 아니다. 하지만 고대 신화를 소재로 한 영화 「오르페우스」가 존재하는 것은 구체적인 현실이다. 고대로 난 이 문을 나는 '신화적 현실'이라고 부른다."(「하모니카」, 『노래의 날개』, 133쪽) 그리고 무엇보다 신화는 소설의 틀을 짓는 구조로 그 모습을 드러내기도 한다. 『하늘의 문』이 바로 그런 작품이다.

이윤기가 "오래도록 스승으로 삼던 신화학자 캠벨"(「보르항을 찾아서」, 『노래의 날개』, 190쪽)은 신화에서 본질적인 부분을 이루는 원질 신화(原質神話, monomyth)를 '분리', '입문', '회귀' 구조로 간명하게 정리한 바 있다. 이에 따르면 영웅은 일상적인 삶의 세계에서 초자연적인 경이의 세계로 떠나고, 여기에서 엄청난 세력과 만나고, 결국은 결정적인 승리를 거두고, 이 신비스러운 모험에서 동료들에게 이익을 줄 수 있는 힘을 얻어 현실 세계로 돌아온다.[4] 오시리스, 프로메테우스, 붓다, 모세, 그리스도에 이르기까지 동서양을 막론하고 영웅을 주인공으로 한 이야기들은 대개 이런 구조로 되어 있다. 『하늘의 문』 역시 이 보편적인 구조에 비교적 충실하게 서사가 진행되고 있다. 주인공 이유복이 집안사람들이 대대로 살아온 고향을 떠나고, 하우스만 신부에게서 평범한 삶을 거부하라는 벼락같은 외침을 들은 후 중도에 학교를 작파하고, 검정고시를 거쳐 신학대학에 입학하고, 연인과 동거를 시작하지만 안식을 얻지 못하고, 군에 입대하고, 월남전에 참전하고, 제대 후 건설 현장을 떠돌고, 번역에 몰두하고, 미국 유학길에 오르고, "오랜 방황과 모색"(『하늘의 문』1, 41쪽) 끝에 고향으로 되돌아오는 과정은 '분리', '입문', '회귀'라는 구조를 그대로 옮겨 놓고 있다.

　『하늘의 문』의 신화적인 차원을 다른 무엇보다 분명하게 드러내 주는 것은 아버지 찾기라는 과제다.

---

4) 이에 대해서는 조셉 캠벨, 이윤기 옮김, 『천의 얼굴을 가진 영웅』(신장판), 민음사, 2004, 44~45쪽.

저는 수많은 옛이야기를 읽었습니다. 그러나 옛이야기의 주인공들이 어느 날 문득 "나는 누구인가, 나는 어디에서 왔는가."라는 의문을 제기할 때도 저는 그것을 제 이야기인 것으로 짐작하지 못했습니다. 열 살도 채 되지 못한 우리 설화 (說話)의 주인공들이, "나는 왜 아버지와 형이 있는데도 불구하고 아버지를 아버지라고 부르지 못하고 형을 형이라고 부르지 못하는 것일까." 하고 스스로에게 묻는 대목에서도 그것을 제 이야기인 것으로 짐작하지 못했습니다.

그러나 아버지를 찾아 떠나면서 저는, 주인공이 이와 비슷한 물음을 던지는 순간부터 수많은 옛이야기가 갑자기 의미심장해지는 까닭을 알게 되었습니다. 저는 바로 이 물음이, 저 자신이 속하던 세계를 떠나게 한다는 것을 알았습니다. 그 세계가 보다 나은 세계, 보다 먼 세계, 보다 높은 세계가 아니어도 좋습니다. 저는 이 물음에 해답이 내려지는 세계이면 그것으로 좋습니다. 이 물음이 제 삶의 잠을 깨우고, 진정한 삶의 문을 열어 줄 것이기 때문입니다. 따라서 제 삶의 물리적인 변화를 가능하게 하지 않아도 좋습니다.

— 『하늘의 문』 1, 70~71쪽

오래된 옛이야기들이 알려 주고 있듯이 아버지에 관한 물음은 우리의 존재를 근원에서부터 새롭게 보도록 만든

다. 이 물음은 길을 떠나게 하는 가장 근본적인 힘이 된
다. 『하늘의 문』에는 아버지를 찾아 나서는 이야기가 겹으
로 주어져 있다. 하나는 이유복의 것이고, 다른 하나는 그
의 아들 마로의 것이다. 겹으로 되어 있기는 하지만 이 둘
은 사실상 하나라고 할 수 있다. 마로의 이야기는 이유복
에게는 없는 것, 곧 아버지는 왜 이곳에 있지 않은가, 아버
지는 어디에 있는가 하는 물음을 구체화하거나 보충하는
역할을 할 뿐 그 자신이 탐색의 주체로서 전면에 드러나지
않기 때문이다. 이유복은 유복자로 태어났다. 공교롭게도
아버지가 목숨을 잃고 한 달이 지나 부고가 전해졌고 그
때 이유복이 태어났다. 그의 이름에는 운명처럼 유복자의
흔적이 새겨져 있다. 그런가 하면 그의 아들 마로는 어머
니의 성씨를 물려받았다. 이유복이 아버지 노릇을 못 한
까닭이다. 옛이야기들에서, 아버지와 한 지붕 아래 살지
않는 아들들은 업둥이거나 사생아거나 둘 중 하나다. 이유
복과 마로를 겹쳐 읽으면 이들 역시 둘 중 하나에 가깝다
는 느낌을 얻게 된다. 이 소설이 작가의 자전적 기록에 가
깝다는 사실을 염두에 둘 때, 실제 사실과는 다르게 주인
공 이유복을 유복자로 설정하고 성씨가 다른 아들을 그
에게 안겨 준 것은 대단히 상징적이라 할 만하다. 마르트
로베르는 모든 이야기의 기원에 가족 로망스를 놓고, 이

를 토대로 소설을 업둥이적 유형과 사생아적 유형으로 나눈 바 있다. 이를 참고하여 이야기하면, 『하늘의 문』은 유복자 아버지와 성이 다른 아들의 아버지 찾기라는 겹으로 된 이야기 구조를 통해 드러나는바, 작가 자신의 삶을 모델로 하여 만든 개인 신화 혹은 가족 로망스라 할 수 있을 것이다.

이와 관련하여 또 하나 기억해 두어야 할 것은 이유복의 아버지가 1945년 해방되던 해에 일본에서 돌아오는 귀국선 우키지마마루[浮島丸]호 침몰 사건 때 목숨을 잃은 것으로 되어 있다는 사실이다. 이는 이윤기가 태어난 것이 1947년이고, 아버지가 돌아간 것이 그 이듬해라는 연보의 기록과 일치하지 않는다. 그렇다면 이렇게 설정한 의도를 물어보는 것은 자연스러운 일이 아닐까. 확실히 1947년에 태어난 아들과 이듬해 작고한 아버지의 이야기, 해방둥이 아들과 해방 직후 한국 땅으로 돌아오던 중에 비극적인 사건으로 목숨을 잃은 아버지의 이야기는 큰 차이가 있다. 앞의 이야기에 별다른 울림이 느껴지지 않는 것과는 달리 뒤의 이야기는 해방 직후의 역사적 현실을 곧바로 환기한다.

우키지마마루호가 침몰한 것은 1945년 8월 24일의 일이다. 징용에 끌려갔거나 자유노동자로 일본에 갔던 사람들이 귀국을 위해 배를 탔고, 강제징용과 강제 노동의 증거를 인멸하기 위해 배를 폭파할 것이라는 소문이 떠돌고 있었고, 출항이 지연되다 8월 22일 아침부터 승선이 시작되었고, 무슨 이유에서인지 부산으로 가는 최단 거리 구간 대신 먼 길을 돌아가는 항로를 택하였고, 8월 24일 오후에 침몰했는데 기뢰에 의한 폭발이라는 것이 공식적인 설명이지만 일본 해군이 고의적으로 포격했다는 것이 공공연한 비밀로 되어 있다. 우리나라에는 1985년 《신동아》 기사를 통해 처음 이 사건이 알려졌다. 우키지마마루호 침몰 사건은 우리 근대사의 비극을 압축적으로 보여 주고 있다. 여기에는 다른 나라의 도움으로 해방을 맞이하여 당당하게 돌아오는 대신 반강제로 등을 떠밀려 귀국길에 오를 수밖에 없었던 과거와 진실 규명과 보상 문제를 두고 일본 정부에 어떤 압박도 가하지 못하는 현재의 초라한 역사가 아로새겨져 있다. 그렇다면 우키지마마루호 침몰 사건이 배경이 된 아버지의 죽음은 더 이상 평범한 죽음일 수 없다. 그 죽음은 비범한 죽음이고 민족의 수난을 대표하는 죽음이다.

마찬가지로 아버지의 유골을 찾는 일 역시 개인적인 차원의 탐색에 그치지 않는다. 이유복이 아버지의 유골을 찾아 나선 것은 1988년의 일이다. 일본 땅에 묻힌 아버지의 유골을 찾는 일이 지연된 것은 나라 밖으로 나가는 것이 이유복에게 허락되지 않았기 때문이다. 숙부가 조총련의 핵심 인물이었던 까닭에 연좌제의 적용을 받아야 했고, 1983년에야 출국이 허락되어 미국에서 5년의 세월을 보낸후 마침내 일본으로 들어가게 된 것이다. 아버지의 유골을찾는 과정에서 도쿄의 한 선배는 숙부나 사촌의 행방을알기 위해 조총련 지부를 뒤지고 다니지는 말라고 말한다.숙부를 생각하면 여러모로 조총련 쪽에 문의를 하는 편이 빠르겠지만 조총련과 민단 사이의 역학 관계라든지 국내와의 관계를 생각할 때 이는 현명하지 못한 처사라는 것이다. 이처럼 아버지의 유골 찾기는 분단 현실을 관통하고있다. 유골 찾기가 지연된 것도, 유골 찾기 과정이 어려워진 것도 모두 분단 현실 때문이었으니 마침내 유골을 찾아 국내로 돌아오는 것도 같은 맥락에서 이해해 볼 수 있겠다. 이를테면 민족 공동체의 복원에 대한 소망을 그런식으로 표현해 본 것이라고나 할까.

3

『하늘의 문』은 이유복의 개인사를 신화적이고 역사적인

차원 속에서 맥락화하고 있다. 냉정하게 평가하자면 이 시도가 반드시 성공적이었다고만은 할 수 없다. 신화적인 차원의 이야기 구조는 견고성을 지니고 있지만 그 속을 채우고 있는 에피소드들이 "구조에서 크게 다르지 않은 이야기들을 연속해서 반복하고 있는 까닭"에 "다소 지루하고 재미없(게)"[5] 느껴지고, 역사적인 차원이 충분히 드러나지 않았다는 인상이 들기 때문이다.『하늘의 문』이후 이윤기는 본격적으로 소설 쓰기에 매달리고 그야말로 들린 듯이 소설을 써 내기 시작한다. 평론가 한기는 "로맨스그레이의 늦바람"[6]이라는 촌평을 달기도 했다. 장편들을 포함하여 이즈음 이윤기가 발표한 소설들은『하늘의 문』과 비교하면 다소 느슨한 형태로 되어 있다.『하늘의 문』을 떠받치고 있는 견고한 구조를 찾아보기 어렵다.『하늘의 문』이 구조를 만들어 놓고 내용을 채워 나가는 방식으로 쓰였다면, 이들 소설은 구조 없이 내용을 만들어 가거나 삶의 한 단면을 통해 인생 전체를 되돌아보게 만드는 형태로 구성되어 있는 듯하다. 이러한 과정을 거쳐 삶은 좀 더 직접적인 관찰의 대상이 되고 있다.

---

5) 장은수, 「이윤기, 또는 길 위에 선 영혼」, 《세계의 문학》 1994년 겨울, 364쪽.
6) 한기, 「개방의 문학, 정체의 문학」, 《문학과사회》 1995년 겨울, 1877쪽.

삶을 무엇이라고 규정할 수 있을까. 이윤기가 이해하는 삶이란 이와 같다. "우리는 삶이라고 하는 복잡한 그림 속에서 양가감정이라는 이름의 숨은 그림을 찾아내지 못한 채 때로는 원망하고 때로는 그리워하고는 했다."(『그리운 흔적』, 109쪽) "삶의 굽이굽이에 매복하고 있는 듯한, 믿어지지 않는 일, 믿어지지 않는 광경이 그 삶을 아주 색다른 것으로 바꾸어 놓을 수도 있다는 것."(『나무가 기도하는 집』, 28쪽) 우리 삶은 풀어야 할 수수께끼를 그 속에 품고 있다. 이 수수께끼는 예기치 못한 곳에서 그 모습을 드러내 우리를 당혹스럽게 만들기도 하고, 삶에 큰 파문을 일으키기도 하고, 전혀 예상하지 않았던 곳으로 우리를 인도하기도 한다. 이런 인식은 다음과 같은 궁금증을 자아내기도 한다. "나에게는, 과거의 사람들을 만날 때마다, 나의 기억에 깊이 새겨진 채 그 긴 세월에도 마모되지 않은 특정한 사람의 특정한 형질이나 습관이 몇 십 년의 세월이 흐르면서 무엇으로 변해 있는지 몹시 궁금해하는 버릇이 있다."(『햇빛과 달빛』 1, 451쪽) 그러므로 중요한 것은 시간이다. 시간이 문제다. 시간의 흐름 속에서 삶을 관찰하는 일이 필요하다.

시간의 흐름 속에서 삶은 어떻게 그 모습을 드러내고 있을까. 몇몇 소설을 읽어 본다. 화자가 기억하는 두 친구가 있다. 고웅진과 고유진이 그들이다. 둘은 종형제 사이로 고유진이 한 해 먼저 태어나 형이지만 고웅진은 형 대접을 하지 않는다. 학교를 같이 다닌 것이 이유이기도 했을 터이다. 그런데 나중에 알고 보니 고웅진은 고씨 집안과는 아무 상관이 없는 아이였다. 그는 아버지가 모셨던 상관의 아들인데, 상관이 젊은 나이에 죽자 아버지가 그의 아내와 자식을 한꺼번에 데리고 와 살았던 것이다.(『햇빛과 달빛』) 어렸을 때부터 줄동창이었던 노수라는 친구에게는 누이가 하나 있었다. 친구의 동생인 까닭에 관심도 좀 있었고 친구의 부탁으로 뒷바라지를 해 준 일도 있는데, 나중에 알고 보니 그녀는 누이가 아니라 노수의 정혼자였다. 노수의 아버지가 고아가 된 친구의 딸을 거두어 데리고 있었던 것이다.(「나비 넥타이」) 이런 식의 이야기는 그전에도 이미 쓴 적이 있다. 화자인 나는 동생 동주를 아버지가 바람피워 낳은 자식으로 알고 있었다. 아버지와 동주는 증오의 대상이었고, 어머니는 연민의 대상이었다. 그런데 나중에 알고 보니 동주는 겁탈당한 어머니가 낳은 사생아였다. 아버지는 이런 동주를 거두어 주었던 것이고.(「패자 부활」)

이런 이야기도 있다. 연인이 될 수도 있었던 두 사람이 있다. 둘은 고등학교를 같이 나왔고, 대학에 들어간 후로도 좋은 관계를 유지했지만 중간에 관계가 소원해졌다. 여자가 다른 남자와 결혼을 하고 딸을 낳아 살다가 이혼하는 동안 남자는 홀로 지냈다. 20년의 세월이 흐르고 두 사람은 새로운 사랑을 시작한다.(『사랑의 종자』) 중·고등학교 동기 동창인 두 사람은 나이 지긋해져서야 부부가 되었다. 남자는 줄곧 여자의 곁을 맴돌았지만 사랑을 얻을 수 없었고, 여자는 남의 아내 되고 딸 낳아 기르며 살다가 갈라설 때까지 쓰라린 세월을 겪고 나서야 남자에게로 왔다.(「뱃놀이」) 이런 식의 이야기 역시 전혀 새로운 것은 아니다. 젊은 날 혼인을 약속했던 처녀는 피치 못할 사정으로 남의 첩이 되어 살아간다. 청년은 다른 여자의 남편이 되기는 했지만 처녀를 잊지 못한다. 세월이 흘러 옛날의 처녀가 비단 장수가 되어 중늙은이가 된 옛날의 청년 앞에 나타난다. 하필이면 그날은 중늙은이 아내의 제삿날이었고, 중늙은이는 감기 기운이 있어 방 안에 온종일 틀어박혀 있느라 그녀의 얼굴을 보지 못한다.(「손님」)

이처럼 이윤기 소설에서 시간은 오래 감추어 둔 비밀을 드러내거나 운명을 완성시키는 계기가 된다. 감추어진 비밀은 반드시 드러나게 되어 있고, 운명을 거절할 수는 있지만 시간을 늦출 수 있을 뿐 그것을 아예 막을 수는 없다. 그러므로 이윤기 소설에서 시간은 비밀이 드러나고 운명이 실현되기까지의 과정을 의미한다고 할 수 있다. 이를

테면 연단의 과정이라고나 할까. 시간의 불을 통과해야 비로소 인생의 비밀이 확인된다. 시간의 불을 통과해야 비로소 인생의 진정한 의미를 이해했다고 말할 수 있다. "긴 세월이라는 이름의 월사금(月謝金)을 바치고 나서야 나는 그런 것들이 전혀 근거 없는 오해와 착각이었다는 것을 깨닫는다."(「샘이 너무 깊은 물」, 『내 시대의 초상』, 30쪽)

4

『나비 넥타이』 무렵의 이윤기 소설은 넓은 의미에서 전통적 세계에 감싸여 있는 듯하다. 이 세계는 『하늘의 문』의 주인공 이유복이 돌아온 세계이기도 하고, 애초에 그의 소설이 갈 수도 있었던 바로 그 세계이기도 하다. 그의 뿌리가 놓여 있고, 그의 인문적 지식이 맨 처음 싹을 틔운 세계에서 이윤기 소설은 다시 시작된다. 그리고 이윤기의 좋은 소설들은 대개 이 세계에 젖줄을 대고 있다. "나는 사람의 동아리라고 하는 것은 그 규모가 크건 작건 동아리가 공유하는 잠재력으로부터 특정한 요소를 선택하고, 이로써 단순하든 복잡하든 나름의 정교한 실존적 습관을 빚어내는데, 한 동아리의 이러한 습관이야말로 아무리 우수하다고 하더라도 다른 동아리에서는 결코 빚어지지 않을 만큼 독특하고 고유한 문화가 된다고 생각한다."(「나비 넥타이」, 224쪽) 이 세계는 그가 "실존적 습관"이라 부른 습관들로 가득 차 있다. 몇 가지 인상적인 대목을 들어 본다.

「손님」의 한 장면이다. 혼사 이야기가 거의 마무리된 다음의 상황이다. "그날 밤, 장모 자리는 열 살쯤 나이를 더 먹은 시늉을 했고, 장인 자리는 떡갈나무 껍질 같던 얼굴을 펴고 청년의 술잔을 받으면서 처음으로 술잔 밑에 딸려 보내던 왼손을 거두어들였다."(「손님」, 22쪽) 딱히 그래야 한다고 누가 알려 주는 것은 아니지만 피차간에 그게 의미하는 것이 무엇인지 아는 그런 몸짓들이 있다. 그렇게 함으로써 서로의 관계가 새로운 차원으로 접어들었음을 자연스럽게 드러내는. 이 장면에서는 술잔 밑에 딸려 보내던 왼손을 거두어들이는 장인 자리의 몸짓이 이 장면 역할을 한다. 이윤기는 이런 몸짓을 포착하는 데 능하다. 이걸 포착하여 쓸 수 있는 것은 그가 이런 데 그만큼 밝다는 뜻일 것이다. 「나비 넥타이」에는 이런 장면이 있다. 노수의 부친상 때 조문을 간 화자는 노민이 머리를 풀어 오른쪽 어깨에 늘어뜨린 것을 보고 이렇게 말한다. "머리를 풀어도 딸은 왼쪽 어깨에다 늘어뜨리는 법이다."(221쪽) 나중에 밝혀지지만 노민은 노수의 누이가 아니었다. 박 교수의 딸이 아니었으므로 노민은 오른쪽 어깨에 머리를 늘어뜨려 놓았던 것이다. 이 장면은 뒤에 노수와 노민의 관계를 알려 주는 복선이다. 굉장한 묘미가 있다고 아니 할 수 없다. 『사랑의 종자』에는 미국에 있던 오라비가 서울에 와서 여동생에게 전화를 거는 장면이 나온다. 전화기에서 낯선 목소리가 들려오자 오라비는 곧바로 여동생을 바꿔 달라 하지 않고 먼저 그의 남편을 찾는다. 친정 오라비라고 동생만 찾으면 시집 식구가 불편하지 않겠느냐는 것이 그 이유였다. 그런가 하면 처음 전화를 받은 장조카는 전화를 바꿔 주며 아이의 이름을 넣어 누구 '외삼촌'이라 하지 않고 "미국 계시는 오라버니"라고 알려 준다. 수화기 저편에서 들리는 이 이야기를 듣고 오라비는 "하는 것만으로도 제법"이라 생각한다. 예의란 이런 사소한 몸짓을 통해 표현되기도 한다.

　이윤기가 긍정하는 인물들은 대개 이런 세계 속에서 살고 있다. 이 세계는 그들에게 몸에 어울리는 옷과 같아서 둘 사이에 겉도는 느낌이 거의 없다. 점묘의 형태로 드러나는 삶, 일화로 소개되는 그들의 모습들은 굳이 더 큰 이야기 속에 편입되지 않아도 그 자체로 완결된 느낌이다. 이들은 저마다 자신을 감싸고 있는 이 세계 속에서 편안함을 느끼는 듯하다. 이들의 이야기를 점묘의 형태로 흩뿌

려 놓는 식의 소설은 이러한 인식으로부터 가능해진다. 대
표적인 예가 『내 시대의 초상』에 실린 네 편의 작품과 「숨
은그림찾기」 연작이다. 이들과는 조금 형태가 다르지만
『햇빛과 달빛』도 이 경우에 포함시키는 것이 어느 정도 가
능하다. 이들은 비슷한 점이 있다. 이렇다 할 사건이 없고,
각 편마다 인물을 하나씩 등장시켜 그들과 관련된 일화들
을 소개하고 이 일화를 중심으로 인물을 형상화하고 평가
하며, 이들을 통해 인정세태를 살피고 있다는 점에서 그러
하다. 경험적 자아와 허구적 자아가 거의 구별되지 않고,
화자가 작가 자신임을 감추려 하지 않으며 미적인 형상화
충동보다 직정적이거나 경세적 충동을 더 많이 드러내고
있다는 점에서[7] 이들 소설은 전통적 방식의 글쓰기인 전
(傳)에 가깝다.[8]

112

---

7) 전을 특징짓는 이 몇 가지 사실들은 이문구 소설을 분석한 최시한의
논문 「이문구 소설의 서술 구조」(《한국문학이론과 비평》 40집, 2008. 9)
를 참고하여 작성한 것이다. 전에 가까운 이윤기의 소설들은 이문구의
소설과 여러모로 닮아 있다는 인상이다. 이것은 두 작가 모두 한학의 영
향 아래 성장한 것과 관련이 있지 않을까 한다.
8) 이러한 방식의 글쓰기를 뒷받침하는 의식이 종종 이미 썼던 이야기를
상호텍스트적으로 쓴다는 의식 없이 다른 소설에 가져오게 만든 것은
아닐까. 김미현도 지적한 바 있듯이(「삶, 아주 낮은 하늘」,《세계의 문학》
1997년 겨울) 이윤기 소설에는 같은 내용이나 표현이 반복되는 경우가
많다. 예컨대 기동빈(『하늘의 문』)과 하동우(『그리운 흔적』)가 부적절한

「샘이 너무 깊은 물」은 이들 가운데 가장 이채로운 작품에 속한다. 이 소설에는 화자가 젊었을 때 살던 서울 광화문 어름 가동 골목의 '새미 할매'가 등장한다. 새미 할매에 대해 전해 내려오는 이야기가 있다. 새미 할매가 열다섯 살 때 샘가에 앉아 있는데 임금님이 가마 타고 지나가다 말에서 내려 물을 한 모금 달라고 했다. 임금님이 그물을 달게 마시고는 나라는 지켜 내지 못했지만 샘물은 잘 지키라고 부탁했고, 그 일이 있은 후 새미 할매는 호호백발 노인이 될 때까지 그 곁을 떠나지 않고 샘물을 지켰

행동을 하다 교외 단속 나온 교사에게 들켜 그 입막음을 위해 맥주 한 박스를 사 들고 찾아가고, 한 친구가 선교사로 나갔다가 아들놈이 회교도 아이들에게 맞고 온 것을 두고 속상해하고(『하늘의 문』,「사랑의 종자」), '안경잡이' 신참이 군대 분위기에 어울리지도 않는 김민기의 노래를 불러 좌중을 숙연하게 만들고(『하늘의 문』,「노래의 날개」), 한 병사는 화장실에 가솔린을 들이붓고는 담배를 피우다 폭사하고(『하늘의 문』,「삼각함수」), 어느 등대지기는 옥자라고 하는, 있지도 않은 여인의 이야기를 천연덕스럽게 해 대고(『만남』,「울도 담도 없는 집」), 말에 빗장을 지르는 데 일가견이 있는 친구(『하늘의 문』)와 한 교수(「손가락」)는 육개장을 끓이는 데 숙주나물을 넣는 게 좋은지, 대파를 삶아서 넣어야 좋은지 묻는 물음에 주인이 비만인지 오늘이 며칠인지 이런 질문을 한 다음 도사연하며 대답을 한다. 하한욱이 산을 넘어 고향 땅을 밟으려다 마을 사람을 만나 길을 묻는 장면은 『뿌리 너무 깊은 나무』의 세대 아재와 벌이는 승강이와 판에 박은 듯이 같고, 남자는 남자대로 옛 애인 곁을 떠돌면서 가슴앓이하고 여자는 여자대로 "남의 아내 되고 딸 낳아 기르며 살다가"

다. 그 샘물을 오랫동안 지켜 오던 새미 할매는 눈이 많이 내린 날 거기서 숨을 거둔다. 새미 할매의 이야기는 서정주의 시에 나오는 신부와 몹시도 닮아 있다. 결혼식 첫날 밤 신부를 오해한 신랑이 도망을 갔고, 오랜 시간이 흘러 집으로 돌아와 보니 신부가 그날 그 모습 그대로 앉아 있었고, 손을 갖다 대니 재가 되어 흩어져 버렸다는. 서정주의 시와 나란히 놓이니 새미 할매의 이야기는 시가 된다. 그걸 두고 숭고하다 할지 어리석다 할지 그건 잘 모르겠지만, 새미 할매의 이야기에서 서정주의 시에서 느끼는 것과

갈라선 후 마침내 부부의 연을 맺게 되는 부부의 이야기 「뱃놀이」는 『만남』의 후속편이라 해도 틀리지 않고, 주인공이 친구의 부탁으로 누이의 미국 생활을 도와주는 대목(『뿌리와 날개』)은 하한욱이 성학영의 딸을 돕는 대목과 별로 다를 것이 없으며, 복잡한 혼인 관계 때문에 축문(祝文) 읽는 일로 집안 어른들 사이에 다툼이 일었던 일화는 『하늘의 문』과 「좌우지간」에 화자를 달리하여 소개되기도 한다. 그런가 하면 『하늘의 문』에 기왕에 썼던 단편들이 화자와 그 주변 인물들의 이야기로 편입되고, '월남'이라는 관형사의 쓰임과 이러한 쓰임을 가능하게 한 한국인의 편견을 문제 삼은 글이 『뿌리와 날개』, 「삼각함수」에 나란히 실려 있는가 하면, 『하늘의 문』에 강의록 형식으로 실린 글의 일부가 그리스 로마 신화 해설서인 『뮈토스』의 서문에 재수록된다. 어쩌면 이윤기에게 소설은 작가 자신이라는 중심을 참조점으로 하고 있다는 점에서, 그리고 이 경우 경험적 자아와 허구적 자아의 구별이 무의미해진다는 점에서, 전통적인 양식의 글쓰기와 맞닿아 있다는 느낌을 준다. 이런 식의 글쓰기를 가능하게 한 점에 대해서는 조금 상세한 논의가 필요하지 않을까 싶다.

비슷한 그런 감정을 얻게 된다. 이를테면 어떤 보편적인 정서에 이르게 된다고나 할까. 이렇게 읽으니 어느 사이 새미 할매의 이야기는 전설이나 민담이 되어 있다는 느낌이다. 그래서 이런 고백이 예사롭지 않다. "우리 시대에는 전설 같은 것도 민담 같은 것도 발생할 수 없다고 저는 믿었어요……. 그런데 가만히 생각해 보니 그게 아닌 것 같아요."(「샘이 너무 깊은 물」, 48쪽)

가장 최근에 쓰인 이윤기의 소설들은 지나칠 정도로 일상적이라는 느낌이 든다. 작품에 대한 미학적인 평가를 내리기보다는 이러한 글쓰기를 뒷받침하는 의식을 확인해 보면 어떨까. 북아메리카 초원 지대에 사는 수우 족은 사우스다코타에 있는 하아네이 산을 세계의 중심에 있는 성스러운 산으로 여긴다. 그런데 이들은 또한 이 산이 도처에 있다고 여기기도 한다. 조셉 캠벨이 한 이야기다. 비슷한 이야기가 몽골에도 있다. 보르항 산은 몽골 사람들의 성산인데, 이들은 "전쟁 치느라 저희 나라에서 멀리 떨어지면, 아무 산이나 하나 골라잡아 보르항 산으로 터억 정해 놓고 거기에다 제사를"(「보르항을 찾아서」, 『노래의 날개』, 192~193쪽) 지낸다. 또 '하닥'이라고 하는 푸른 금줄이 있어서 이걸 걸어 놓으면 그곳이 거룩한 곳으로 바뀌게 된다. "우리는 금줄, 몽골인은 '하닥', 일본인은 '시메나와'라

115

작가론 · 보르항에 이른 길

고 부르는 이것이 무엇인가? 속(俗)에 속하던 공간을 성(聖)의 공간으로 성별(聖別)하는 장치가 아닌가? 그렇다면 무엇인가? 몽골인들에게 성스럽지 않은 공간은 이 세상에 존재하지 않는다는 뜻인가? 보르항과 어워와 하닥을 명상하고부터는 몽골 땅 어디도 함부로 밟을 수가 없었다."
(207~208쪽)

보르항 오르기가 오랜 소원이었던 화자는 이런 깨달음 뒤에 이렇게 말한다. "나는 이제, 보르항에 오르지 않아도 좋을 것 같다. 보르항에 오르지 못했어도 내 마음속에 보르항을 닮은 어워를 세우면 될 것 같다. 어워를 세울 수 없다면 푸른 하닥은 언제든지 걸 수 있을 것 같다."(219쪽) 우리 삶의 갈피마다에는 우리 삶을 갑자기 성의 차원으로 열어 주는 하닥이 있다. 우리 삶이 경험한 어떤 사실들이 인간사의 핵심을 건드릴 수도 있다. 우리 삶이 신화적인 차원으로 고양될 수도 있다. 그렇다면 소설 속 인물은 마치 새미 할매가 그러했듯 신화 속 이야기를 그의 삶 속에서 재현할 수도 있다. 아니, 그의 삶이 곧 신화다. 그 삶이 되풀이될 수 있다는 점에서, 원형이 될 수 있다는 점에서, 캠벨이 원질 신화라고 부른 것이 바로 이것일 터이다. 우리 삶은 바로 이런 것들을 내장하고 있다. 기실 원질 신화란 모든 개인들이 삶 속에서 되풀이하는 패턴을 이야기하는 것이니까, 우리 삶을 자세히 들여다보는 것으로도 이러한 패턴을 발견할 수 있지 않을까. 그렇다면 보르항은 이윤기 소설이 이른 마지막 도달점이라 해도 좋을 것이다.

멘토의 문장

백지은(문학평론가)

1

이윤기의 글에서는 늘 이런 말이 들려오는 것 같다. "아직도 심중에 말 한마디가 남아 있다. 나는 이 말을 내 연하의 친구들에게 들려주고 싶다."[1] 언젠가 한번은 비장한 엄마의 목소리로 "내 세대 자매들과 다음 세대 딸들에게 써서 남긴다. 지극한 염려와 아픈 사랑으로 써서 남긴다."[2]

------

1) 이윤기, 『그리운 흔적』, 문학사상사, 2000, 223쪽.
2) 이윤기, 『진홍글씨』, 작가정신, 1998, 11쪽, 82쪽. 이어지는 메시지는 이런 것이었다. "사랑하라, 이것은 딸들이 누릴 수 있는 특권이다. 싸워라. 이것은 딸들이 지켜야 하는 원칙이다. 특권을 원칙에 앞세워서는 안 된다. 그러면 둘 다 잃는다."

라고 준엄한 당부를 한 적도 있지만, 대체로 그의 글은 아빠 친구나 스승뻘 되는 인생 선배가 들려주는 흥미진진한 인생극장, 깊이 있는 세상 읽기, 정곡을 찌르는 삶의 이치로 와 닿는다. 「유리 그림자」의 화자인 '베트남 아저씨'처럼, 바늘로 찔러도 피 한 방울 안 나올 것 같은 육군 대위에게 반하게 된 이야기에 "송홧가루가 비로소 보이게 한 유리 탁자의 그림자 이야기"로 응수해 주시는 남자 어른 말이다. '남자 어른'인데도 젊은이들이랑 말도 통하고, 아가씨, 아줌마 마음도 좀 알아주시고, 대학생들이 사는 일에 대한 고민을 여쭈면 재미난 이야기를 곁들여 가장 적절하고도 힘이 되는 답변을 건네주실 것 같은 세련된 아저씨.

이유를 모르지 않는다. 그의 이야기는 극단적이거나 위악적인 데가 없고 허세나 아양을 부리지 않으며 근엄하지도 유치하지도 않다. 글 쓰는 가장으로서 가족들에게 이런 말을 건네는 아빠의 이런 목소리, "우리가 알고 살자. 가난이라는 것은 끝나지 않는다. 나는 욕망의 그릇을 다 채우는 법을 알지 못한다. 그 그릇을 줄이는 법을 어렴풋이 알고 있을 뿐."[3] 언젠가는 식솔들을 호강시켜 주겠다

3) 이윤기, 『하얀 헬리콥터』, 영학출판사, 1988, 258쪽.

고 큰소리치는 아빠보다 이런 아빠한테 더 신뢰가 가지 않나? 그에게는 또한 상식을 인정하거나 통념에 딴죽을 거는 데 있어 특히 재능을 발휘하는 균형 감각이 있다. 그의 이야기에는 항상, 빛과 어둠, 환희와 고통, 영광과 치욕이 함께 나타난다. 거침과 부드러움이 동시에 있고, 방황과 정진이 따로 있지 않다. 그는 소문과 진실, 기심(機心)과 항심(恒心)을 온당하게 견주며, 편리와 불편, 옛것과 요즘 것, 서양적인 것과 한국적인 것 등의 장단(長短)을 실질적으로 파악한다. 어째서 그렇다는 것인지는 뒤에 다시 할 말이지만, 그의 상상과 추측, 판단과 해석에는 항상 그 나름의 '소이연(所以然)'이 정밀하게 뒷받침된 것이 아마 주요한 까닭일 것이다. 그의 이야기에는 최대한 합리적으로 짚어진 인과(因果)와 함께 그 인과의 허망한 아이러니까지도 포함되어 있다. 이런 소이연으로 그는 우리에게 상황 통찰에 총명하고 사리 분별에 밝으며 열린 마음의 소유자인 멋진 아저씨로 통할 수 있었다.

그렇게 된 데는 또한 그의 해박한 지식과 풍부한 경험도 크게 일조했을 것이다. 많은 독자와 평자 들의 독후감에서도 수차례 말해진 바, 시골에서 보낸 유년 시절과 도시로 나오면서 겪은 문화적 충격, 월남 참전이 포함된 군대 시절과 신화 연구를 위해 세계 각지를 탐험했을 외국

체류 등 다양한 체험은 여러 편의 소설에서 그 디테일도
충실하게 다루어지곤 했다. 또한 번역가이자 신화 연구가
로서 그가 보여 준 열정과 성과는 그의 소설에서 보다 무
르익은 형태로, 보다 인간적인 현실 속에 그려진 무늬로
드러나곤 했다. 그는 비일상적인 체험을 사실적으로 전달
하는 일과 일상적인 체험을 진기한 깨달음으로 전환하는
일, 둘 다에 유능했다. 그는 신화적인 지식을 소설적으로
소화하는 일과 소설적인 사건을 신화적 보편성으로 끌어
올리는 일, 둘 다에 적임자였다. 그를 신뢰하지 않을 수가
없었다.

2

바로 이 마음 놓고 믿을 수 있는 화자(話者)가, 거의 모
든 이윤기의 소설에는 살아 있다. 그가 나타나서 분명히
알 것도 같고 어딘가 알 듯 말 듯도 한 이야기를 펼쳐 내
주고, 그러면 우리는 귀를 쫑긋거리며 고개를 갸웃거리며
그의 이해와 설명과 판단에 자진하여 이끌려 간다. 그의
이야기하기와 우리의 이야기 듣기가 원활하게 이루어지도
록 하는 요소가 곧 이윤기 소설의 특징이기도 하다. 몇 가

지로 말해 볼 수 있다.

첫째, 이윤기의 소설은 거의 항상 누군가에게 들려주기 위한 이야기다. 그의 이야기는 두 방향의 의도를 함께 품고 있는데, 하나는 세상사의 어떤 이치를 스스로 이해하려는 것이고, 또 하나는 자기가 이해한 바를 남에게 알리려는 것이다. 길을 잃고 헤매다 마침내 길을 찾았다면, 그는 그 경위를 스스로 설득하고자 이야기를 하는 것이면서 또한 이 일을 누군가에게 들려주어 공감하고자 한다. "사람의 숲 속"(「종살이」, 59쪽)에서 길을 잃었을 때, 그는 길을 찾는 데서 그치지 않고, 그것을 '길을 얻음'으로 바꾸어 지도를 그린다. 그의 이야기는 혼자만의 사색에 의해, 사색을 위해 쓰인 것이 아니라 실제 있었던 이야기를 누군가에게 들려준다는 생각, 이야기를 통해 누군가와 교감한다는 목적으로 말해진다. 말하자면 이런 것이다. 완벽하게 깨끗한 유리창에 그림자가 없어 새들이 부딪혀 죽는 것을 보고 안타까워했던 화자가 어느 날 "아, 송홧가루가 유리 탁자의 그림자를 만든 것이구나, 싶었다. 사물은 그림자가 있어야 비로소 온전해지는구나, 싶었다. 송홧가루는 우리가 짓는 일상의 작은 허물일 수도 있겠구나, 싶었다."(「유리 그림자」, 65쪽)라고 깨달은 바가 있었다면, 그것은

완벽함이란 "정나미가 떨어질 정도로 정돈된 사람"(86쪽)
에게 있는 것이 아니라 그런 사람이 보이는 실수로 완성
되는 것임을 인정하는 데까지 연결되어야 더 좋은 것이다.
이것이 이윤기 소설의 자신감이다.

둘째, 그러나 그의 이야기는 남을 설득하고 가르치려는
데는 목적이 없고 자기를 설득하는 데만 목적이 있다. 다
만 자기를 설득한 것의 힘이 남에게도 전이될 것임을 믿을
뿐이다. 그의 화자는 자기가 이해한 바를 이야기하는 것이
지 남을 이해하게 하려는 것까지 이야기하지는 않는다. 자
기 논리를 피력하거나 자기 이해만 앞세우지 않는다. 집에
서 키우던 진돗개가 다른 개를 물어 죽이자 진돗개를 '처
분'해 줄 것을 요구하는 아들에게 그의 화자는 "철창에서
소리를 풀어 준 것은 네가 아니었나? 계단을 뛰어 내려가
다가 발을 헛디딘 것은 너의 실수가 아니었나? 네가 증오
심 때문에 이성을 잃었기 때문이 아니냐?"(「소리와 하리」,
48쪽)라고 입 밖으로 말하지 않는다. 다만 "방법을 강구
해 볼 터이니 한 달만 기다려"(48쪽) 달라고 말할 줄 아는
여유가 있다. 그러고는 이렇게 대처한다. "결국 내가 먼저
그 문제를 건드리기로 했다. (……) 야생동물은 원래 사람
을 해칠 수 있는 맹수다, 관리자들이 관리 책임을 져야지,

그 동물을 총살하는 것은 얼마나 어리석은 일인가…… 이렇게는 주장하지 않았다. 설득당한 사람이 유쾌해하는 것을 나는 거의 본 적이 없다. 나는 아들을 논리로써 설득하지 않았다. 아들의 논리를 그럴듯한 논거로 논파하지도 않았다. 나는 기다렸다."(「소리와 하리」, 49쪽) 그러고서 그가 그 문제를 건드린 방법은 「신부님과 우산」이라는 글을 아들에게 읽게 한 것이었다. 우산 없는 아이들이 우산을 보면 훔치고 싶을 것이므로 우산을 벽장에 넣고 자물쇠를 채우는 신부님 이야기였다. 그는 자기 논리로 남을 이끌고 가려는 게 아니라 그의 이야기가 스스로 「신부님과 우산」 같은 글이 되기를 바라는 것이다. 이것이 이윤기 소설의 겸허함이다.

셋째, 이윤기의 이야기는 처음부터 끝까지 관통되는 하나의 근본 태도를 견지한다. 대부분의 이윤기 소설은 "자, 나는 이러이러한 일을 겪었다, 나는 이 일을 통해 (인생, 세상, 사람) 공부를 좀 하게 되었다, 이것을 한번 들어 보아라."라고 하는 것을 근본 태도로 지닌다고 할 수 있겠는데, 한 편의 소설 속에서 모든 문단, 모든 구절은, 그 이야기에 대한 이 근본 태도를 잊은 채 쓰인 것이 없는 것 같다. 소설의 첫 문단에서부터 그의 모든 문장들은 최초의 의도

125

작품 해설·멘토의 문장

혹은 최종의 결론을 잊지 않는다. 이 책에 실린 것 중 두 편과 대표작 중 한 편의 첫 문단을 보자면,

숲 속에서 길을 잃는다. 참 난감한 노릇이다. 하지만 '길을 잃음'은 '길을 얻음'이 될 수 있지 않은가? 잘못 들어선 길이 지도를 만든다지 않는가? 잃음을 통해 내가 얻어 낸 길이 지도를 만드는 데 도움이 될 수 있지 않은가? 나는 거의 날마다 길을 잃고 헤맨다. 하지만 내가 이로써 지도를 그려 낼 수 있을지 그것은 두고 보아야 할 것 같다.

—「종살이」, 55쪽

우리 집은 산중에 있다. 산중이어서 새들이 참 많다. 그런데 그 새들이 자주 죽는다. 참새, 멧새, 어치 같은 새들이 자주 죽는다. 잘 닦여 거의 완벽하게 투명한 거실과 서재의 판유리 때문이다. (……) 어찌할 것인가?

—「유리 그림자」, 63쪽

초등학교부터 중고등학교를 거쳐 대학까지 줄곧 같이 들어가고 같이 나오는 줄동창은, 나라가 좁아서 학교가 두어 개밖에 없으면 모르겠지만, 나올 확률이 지극히 묽을 터인데도 불구하고 나에게는 박노수라고 하는 희귀한 줄동창이 하

나 있다. 세상에는 학교 교육을 과대평가해서, 줄동창이니까 박노수나 나나 하는 짓이나 생각이 비슷하려니 여기는 사람들이 더러 있지만 그것은 그렇지가 않다. 사람은 혼자 서는 것이 아니다. 한 사람 안에는 넓게는 인류사가, 좁게는 일문의 가족사가 보편 무의식으로 자리 잡고 있다고 나는 생각한다. 그래서 사람이 시대와 홀로 맞설 때 교육은 들러리 노릇밖에는 못하지 않나 싶다.

——「나비 넥타이」[4]

"지도를 그려 낼 수 있을지 그것은 두고 보아야 할 것 같다."(55쪽)는 화두가 "지도가 그려지고 있다. 아주 느리게, 그리고 희미하게."(59쪽)로 끝나기까지, '완벽하게 투명한 판유리에 부딪혀 죽는 새들을 어찌할 것인가.' 하는 문제를 '송홧가루 묻은 유리 그림자'로 해결하기까지, 또 줄동창 박노수의, 상상조차 할 수 없었던 '캐릭터 변신'을 단번에 이해하게 된 한순간에 이르기까지, 이 첫 문단들 뒤로 이어질 이야기들은 첫 문단의 장악력 안에서 일목요연하다. 다시 말해 그의 이야기는 시종 말하려는 것의 핵심을 향해 있고, 그의 모든 문장들은 표적을 흐리는 일 같은

---

4) 이윤기, 『나비 넥타이』, 민음사, 1998, 189쪽.

건 좀체 안 하는 편이다. 이윤기 소설이 인간사의 이치에
대한 인식과 각성의 순간에 날카롭게 느껴지는 것이 이 때
문이다. 하나의 시종된 태도로 한 편의 이야기가 쓰인다는
점에서 이야기의 '길이'가 별로 중요한 인자가 아닐 수 있
는 것도 이 까닭이다. 이 책에도 한 편의 장편(掌篇)소설이
있어 확인할 수 있지만, "정신이 번쩍"(「종살이」, 59쪽) 드
는 한순간의 빛남에 있어 이야기의 길고 짧음은 문제되지
않는 듯하다. 이것이 이윤기 소설의 정갈함이다.

128

넷째, 그렇다고 이윤기 소설이 단선적, 직설적이라는 뜻
은 아니다. 그의 이야기는 전체적으로나 사소한 일부분에
있어서나 핵심을 향해 있다는 점에서 명징하고 간결하지
만, 어떤 핵심을 위해 복잡한 주변을 무시한다든지 핵심
자체를 노골적으로 토로한다든지 하는 법은 없다. 이윤기
의 말들은 경험 속에서 오래 익힌 생각을 담았거나 지적
(知的)으로 한 수준 더 명료화된 개념을 지향한다. 예를 들
어, 사랑의 감정이 막 싹틀 것도 같고 아직 아닌 것도 같
은 상태의 청춘 남녀의 마음을 생각할 때 "우리도 이제 친
구 관계에서 애인 관계로 들어가자."(「유리 그림자」, 70쪽)와
같은 문장은 그에게는 고백이 아니라 차라리 욕설이다. 이
런 둔감한 수사를 그의 화자는 혐오하는 쪽이다. 그래서

그의 이야기는 수미일관의 통일성을 갖추는 편이지만 처음부터 목적지로 직행하는 저돌성과는 거리가 멀다. 사람을 깨우치는 동물의 이야기를 하는 「네눈이」의 경우, 아인슈타인이나 뚬벙이 같은 다른 개 이야기가 '네눈이' 이야기에 앞서 놓이기도 하고, 개고기를 먹지만 '식격'을 잃지 않는 음식 문화 이야기를 통해 사람과 동물 사이 관계의 일면을 암시하기도 한다. 그의 소설은 대체로, 하나의 핵심을 향한 여러 개의 이야기 덩어리들이 병렬적으로 나열되는 식으로 구성되는데, 경제적으로 압축된 각각의 작은 이야기 덩어리들은 전체 이야기 전개의 완급을 조절하고 인물을 조명하며, 때로 결정적인 이미지를 만들어 내기도 한다. 「유리 그림자」의 다음과 같은 장면을 보자.

 어느 날 한낮에 본 광경을 나는 잊을 수 없다. 비가 온 뒤였다. 절집 문을 열고 무심코 밖으로 눈길을 던졌더니, 절집 마당에 작은 고지랑물 웅덩이가 보였다. 웅덩이 가장자리로는 노란 테가 보였다. 무엇일까, 싶어서 나가 보았다. 지름 2미터 정도의 얕은 고지랑물 웅덩이였다. 봄철의 송홧가루가 날아와 그 웅덩이 가장자리에 모여 만들어진 노란 테였다. 그 웅덩이에는 노란 송홧가루만 있었던 것이 아니었다. 구름도 있었고 나무도 있었고, 무엇보다도, 하얀 낮달도 있었다. 그지없이 아름다웠다. 참 아름다웠다.

　하이고, 중노릇은 안 되겠구나, 싶었다.

—74쪽

　송홧가루로 노란 테가 둘러진 웅덩이와 거기에 비친 구름, 나무, 하얀 낮달과 같은 것 들은 이 소설이 처음부터 이야기해 온 바로 그것, '유리 그림자'의 의미를 또 한 번 말하는 것이며 다르게 보여 주는 것이다. 유리의 투명함보다 유리의 그림자를, 맑은 웅덩이보다는 노란 테 둘린 웅덩이를 더 아름답게 보는 인물이 한 차례 더 부각되고, '유리 그림자'에 맞먹는 '노란 테 둘린 웅덩이'의 이미지가 선명하다. 그의 이야기는 최대한 풍부한 에피소드들로 삶에 대한 깊이 있는 생각을 살려 내고자 한다. 그러면서도 그의 화자는 명료하게 아귀 짓기와 애매하게 남겨 두기를 적소에 구사하고, 뺄 것과 넣을 것, 감출 것과 나타낼 것을 현명하게 분별한다. 다른 이야기로 돌아가는가 하면 그게 질러가는 것이었고, 핵심으로 내달리는가 하면 바닥이 드러나기 전에 반드시 멈출 줄 안다. 이것이 이윤기 소설의 노련함이다.

3

이 책은 그가 마지막으로 남긴 네 편의 작은 이야기들로 채워져 있다. 다소 소품(小品)이긴 하지만 이 이야기들 속에서 이윤기가 우리에게 들려주고 싶은 것은 '올바른 인간'에 관한 것이었다. 사람은 완전하지 않지만, 누구에게나 언제든지 배울 게 있다는 것이 그의 지론이다. 눈이 마주친 물고기는 먹지 않는다는, "먹을거리에 식격(食格)을 부여하는, 자연 발생적인 한 경지"(13쪽)에 이른 아들로부터, 싫은 소리에 진심으로 수긍해 준 후배, 삿된 욕망이 인간을 망칠 수 있음을 중학교 2학년의 나이에 이미 아는 딸, 금방 불날 것 같은 긴급한 상황에서 차분하게 대처하는 아내에 이르기까지, "가히 '항심(恒心)'의 경지"(21쪽)에 이른 개로부터, 새들의 죽음을 막아 주는, 유리창에 붙은 송홧가루에 이르기까지, 그가 삶의 이치를 배우는 대상에는 한정이 없다.

그 모든 것들로부터 그는, 사람의 일에는 잔인한 경우도 비정한 세태도 없지 않으나 그 속에서도 훼손되지 않는 여린 마음, 우직한 정신, 순박한 태도 같은 것을 잃지 않는 인간성에 대해 생각하는 듯하다. 다소 피상적인 차원의 일화처럼 여겨질지 몰라도, 한국의 개고기 문화를 인정하면서도 이름을 불렀거나 눈을 맞추었던 개는 먹지 않는다는 소신이나, 손으로 잡은 연어와 골프채로 쳐서 알이 터져 나와 죽은 연어를 똑같은 음식으로 여기지 않는 견해는 그런 태도에서 유래한 것일 터이다. 그는 인간의 모자람을 인정하지만, 그것을 채우려는 노력도 없이 거기에 굴복하는 비굴한 사람들, 모자람을 너무나 당연시하면서 그것을 천박한 욕망의 근거로 내세우는 비열한 사람들을 가장 미워한다. 그렇다고 그가 인간적인 결점에 대해 드높은 기준을 내세우는 것은 물론 아니다. 전에 그가 몇 번 했던 말이기도 한데, 박테리아 한 마리 없는 증류수에는 영양분 역시 하나도 없다는 것을 그는 무엇보다도 깊이 생각하고 있었던 듯하다. 인간의 결점과 좋은 인간성이 때로 같은 데서 나올 수도 있다는 사실을 그는 더 중요하게 여긴다.

이윤기의 소설이 대체로 '배울 준비가 되어 있는' 태도를 견지한 화자의 이야기이듯, 그 이야기가 예비하는 독자도 또한 배울 준비가 되어 있는 자들로 보인다. 물론 이 글의 맨 앞에서도 이야기했듯, 따뜻하고 편안하게 교감할 수 있는 어른의 이야기로 그렇다는 말이지, 고고한 지적 사상이나 윤리적 사유를 전파하고 말겠다는 계몽적 태도 같은 것과는 거리가 먼 뜻이다. 사과 한 알이 여기 있다면, 그가 예비한 독자는 이브의 사과에서부터 윌리엄 텔의 사과에 이르는 사과의 역사를 배우고, 사과의 본질과 의미를 따지는 독자가 아니라 사과를 달게 베어 먹는 독자다. 그런데 어떻게? 무엇을?

무릎을 탁 치게 하는 경구를 잘 만들고 마음을 베일 것 같이 적확한 언어 구사로 정평이 난 이윤기가 어디선가 "나는 문학만이 희망이라고 생각한다."[5]라고, 고답적이라 느껴질 정도로 단정적인 한 문장을 이토록 수수한 어절들로 적은 적이 있다. 배울 준비가 되어 있는 독자 중에서, 평생 글 읽고 생각하고 글 쓰고 사랑하면서 살았던 선학(先學)의 이 문장으로부터 기대치 못한 힘을 얻은 한 문학도를 떠올려 본다. 저런 문장을 적은 이나 읽은 이나, '문학'이 최고로 가치 있다는 주장을 하려는 건 아닐 것이다. 저 문장에 잇대어 작가는 "쓰고 싶고, 쓰는 시늉을 낼 수 있으니 나에게는 결국 소설만이 희망이다."라고 말했으니 이때 그는 문학 자체보다는 쓰기라는 행위의 욕망에 대해서 말하고 있던 것이며, 그것을 알아들은 한 독자는 본래 자기 나름의 언어 행위를 언제까지나 즐기고 싶어 하는 부류였을 뿐이다. 그러니까 이들 사이의 교감과 배움에 대해서는 이렇게 말할 수 있다. 쓰고 싶은 작가가 있는 한,

5) 앞의 책, 237쪽.

133

작품 해설 · 멘토의 문장

작가를 믿고 작가의 이야기를 재미있게 들어 온 후학들이 또 계속해서 쓰고 싶은 한, 그리고 쓰고 싶은 것을 써서 그 쓴 것을 세상에 던지는 한, 작가의 저 말은 틀리지 않다. 이로써 이윤기는 자기 문학의 희망을 간직했고 자기 문학 이후의 문학적 욕망에 설 자리를 주었다. 바로 이런 것이 문학으로 배움을 주고받는 이윤기의 스타일이다.

어떤 문학도에게 그는 멘토였다.

작가 연보

1947년 5월 3일, 경상북도 군위군 우보면 두북동에서
태어났다. 첫돌이 지난 후 아버지가 돌아가시고
어머니는 9남매를 낳아 7남매를 키우셨다.

1958년 우보국민학교 4학년 재학 중 대구로 이사했다.

1962년 대구에서 국민학교를 졸업했다.
중학교 재학 중에는 학교 도서관에서 일하면서
수천 권에 이르는 장서를 마음껏 탐독했다. 혼
자서 영어와 일어 공부를 시작했다.

1965년 중학교를 졸업했다.
고등학교에 들어가 기독교 학생회에서 활동했다.
이삼 개월 다니다가 학교를 그만두고는 대학 입
학 자격 검정고시를 준비했다.

검정고시 준비 기간에는 한동안 야학 강사를 했다.

1966년   대학 입학 검정고시에 합격했다.

1967년   상경하여 신학대학 기독교학과에 진학했으나 대학을 포기했다.

1969년   입대했다. 이등병 시절, 관측 근무를 하는 틈틈이 군수용품 휴지에 「보병의 가족」, 「비상도로」 등의 단편을 썼다. 일등병 시절, 연대 본부가 기획한 계몽극단에 배우로 뽑혀 나갔다가 당시 극작가이자 연출가였고 훗날 방송작가, 소설가가 되는 김준일을 만났다. 문학에의 열정이 되살아났다.

1971년   4월에 월남으로 갔다. 다섯 차례 '작전'(장거리 정찰)을 경험했다. 전투 일선에서 물러난 후에는 발전기 기사, 영내 도서관 사서를 했다. 「하얀 헬리콥터」, 「손님」은 디젤 발전기 돌아가는 소리를 들으며 썼다. 헬리콥터로 보급품을 전투 지역으로 실어 보내는 공수병도 3개월간 했다.

1972년   월남에서 귀국했다. 임진강변 오두산 관측소에서 3개월 마저 복무하고 제대했다.

9월부터 약 1년간, 건설 공사장을 다니며 서기

혹은 해결사를 겸했다. 집 짓는 기술도 익혔다. 「패자부활」은 이 시기의 산물이다.

1974년 『니체 전집』의 윤문을 김준일과 함께 시작했다. 일본어에서 중역한 모본, 영어, 일본어 텍스트를 두고 거의 완역에 가깝게 작업했다.

1975년 학원 출판사에서 기자 생활을 했다. 영어 잡지, 일본어 잡지의 기사 번역을 주로 전담했다.

1977년 「하얀 헬리콥터」로 《중앙일보》 신춘문예 단편소설 부문에 입선했다.

앙리 샤리에르(Henri Charrières)의 『카라카스의 아침』(홍성사)을 번역 출간했다. 최초의 역서였다. 노먼 빈센트 필(Norman Vincent Peale)의 『기적의 실현』(언어문화사)을 번역 출간했다.

'이원기'라는 이름으로 소책자를 번역하기도 했다.

1978년 어니스트 헤밍웨이(Ernest Hemingway) 편 『전장의 인간』(전4권, 태양문화사)을 번역 출간했다.

리처드 아모어(Richard Armour)의 『모든 것이 이브로부터 시작하였다』와 『모든 것이 돌멩이와 몽둥이로 시작되었다』(홍성사)를 번역 출간했다. 결혼했다.

1979년 얼 햄너 주니어(Earl Hamner Jr.)의 『둥지를 떠나

는 새』(고려원)를 번역 출간했다.

클라우스 만(Klaus Mann)의 『소설 차이코프스
키』(고려원)를 번역 출간했다.

존 바스(John Barth)의 『키메라』(고려원)를 번역
출간했다.

솔 벨로(Saul Bellow) 편 『유태인 대표작가 단편
선』(고려원)을 번역 출간했다.

로스 맥도널드(Ross Macdonald)의 『잠자는 미녀』
(홍성사)를 번역 출간했다.

제럴드 그린(Gerald Green)의 『대학살』(전2권, 세
종출판사)을 번역 출간했다.

아들 이가람이 태어났다.

1980년   로빈 쿡(Robin Cook)의 『스핑크스』(나남)를 번역
출간했다.

제임스 존스(James Jones)의 『휘파람』(전2권, 고려
원)을 번역 출간했다.

프레드릭 코너(Frederick Kohner)의 『종이로 접은
여자』(문지사)를 번역 출간했다.

딸 이다희가 태어났다.

신학대학에 들어갔다.

1981년   니코스 카잔차키스(Nikos Kazantzakis)의 『그리스

인 조르바』(고려원)를 번역 출간했다.

고도우 벤〔鳥島勉〕의 『지구 최후의 날, 1999년 8월 18일 ― 노스트라다무스의 대예언』(고려원)을 번역 출간했다.

노먼 빈센트 필의 『당신도 할 수 있다』(언어문화사)를 번역 출간했다.

제프리 아처(Jeffrey Archer)의 『카인과 아벨』(전2권, 심지)을 번역 출간했다.

1982년　제임스 존스의 『지상에서 영원으로』(전3권, 고려원)를 번역 출간했다.

1983년　니코스 카잔차키스의 『미칼레스 대장』(고려원)을 번역 출간했다.

제임스 미치너(James Michener)의 『약속의 땅』(주우)을 번역 출간했다.

'이가현'이라는 이름으로 소년소녀 소설을 발표했다.

신학대학 졸업을 포기했다.

히브리어, 헬라어, 라틴어 공부를 시작했다.

1984년　제프리 세인트 존(Jeffry St. John)의 『코브라의 날』(영학출판사)를 번역 출간했다.

존 쿠퍼 포어스(John Cowper Powys)의 『고독의

철학』(까치)을 번역 출간했다.

위틀리 스트리버(Whitley Strieber)와 제임스 쿠네트카(James Kunetka)의 『전쟁, 그날』(중앙일보사)을 번역 출간했다.

교황 요한 바오로 2세의 기도와 명상 어록 선집 『고통이 있는 곳에 위안을』(김춘호 편, 제삼기획)을 번역 출간했다.

1985년   니코스 카잔차키스의 『돌의 정원』(고려원)을 번역 출간했다.

조셉 캠벨(Joseph Cambell)의 『천의 얼굴을 가진 영웅』(평단문화사)을 번역 출간했다.

1986년   움베르토 에코(Umberto Eco)의 『장미의 이름』(열린책들)을 번역 출간했다.

하라다 야스코〔原田康子〕의 『다프네의 연가』(고려원)를 번역 출간했다.

제럴드 그린의 『홀로코스트』(세종출판공사)를 개역 출간했다.

1987년   크리슈나무르티(Krishnamurti)의 『삶과 지성에 대하여』(학원사)를 번역 출간했다.

1988년   중단편 소설집 『하얀 헬리콥터』(영학출판사)를 출간했다.

그리스 로마 신화 해설서인 『뮈토스』(전3권, 고려원)를 출간했다.

라즈니쉬(Rajneesh)의 『반야심경』(학원사)을 번역 출간했다.

길버트 비어스(Gilbert Beers)의 『신약 핸드북』과 『구약핸드북』(성서교재간행사)을 번역 출간했다.

1989년 오비디우스(Ovidius)의 『둔갑이야기』(전2권, 평단문화사)를 번역 출간했다.

존 버니언(John Bunyon)의 『천로역정』(학원사)을 번역 출간했다.

1990년 움베르토 에코의 『푸코의 추』(고려원)를 번역 출간했다.

조셉 크로닌(A. J. Cronin)의 『천국의 열쇠』(학원사)를 번역 출간했다.

애거서 크리스티(Agatha Christie)의 『열 개의 인디언 인형』(학원사)을 번역 출간했다.

「과학소설의 세계」를 《한국일보》에 연재했다. 과학소설에 대한 관심은 이후 장편소설 『만남』에 투영된다.

고려원 출판사에서 편집 주간으로 근무했다.

1991년 짧은 소설 모음집 『외길보기 두길보기』(열린책들)를 출간했다.

조셉 캠벨의 『세계의 영웅 신화: 아폴론, 신농
씨, 그리고 개구리 왕자까지』(대원사)를 번역 출
간했다.

빌 그로만(Will Grohmann)의 『파울 클레』와 로
버트 골드워터(Robert Goldwater)의 『폴 고갱』(중
앙일보사)을 번역 출간했다.

토머스 해리스(Thomas Harris)의 『양들의 침묵』
(고려원)을 번역 출간했다.

프레드릭 코너의 『몽빠르나스의 끼끼』(명진출판)
를 번역 출간했다.

파울 프리샤워(Paul Frischauer)의 『세계 풍속사』
(상권, 까치)를 번역 출간했다.

움베르토 에코의 『폭탄과 장군』(열린책들)을 번
역 출간했다.

길버트 비어스의 『쉽게 해설한 구약성경』과 『쉽
게 해설한 신약성경』(성서교재간행사)을 개역 출
간했다.

미국 미시간 주립대학교 국제대학에서 '초빙 연
구원' 자격으로 초청을 받아 가족과 함께 미국
으로 갔다. 서울대 정진홍 교수(종교학)의 추천

장을 받았으나 학자의 길보다 소설가의 길을 걸어야 한다는 결론을 내렸다.

1992년　움베르토 에코의 『장미의 이름』(전2권, 열린책들)을 개역 출판했다.

움베르토 에코의 『나는 『장미의 이름』을 이렇게 썼다』(열린책들)를 번역 출간했다.

조셉 캠벨과 빌 모이어스(Bill Moyers)의 『신화의 힘』(고려원)을 번역 출간했다.

도나 타트(Donna Tartt)의 『비밀의 계절』(전2권, 까치)을 번역 출간했다.

미르치아 엘리아데(Mircea Eliade)의 『샤마니즘』(까치)을 번역 출간했다.

파울 프리샤워의 『세계 풍속사』(하권, 까치)를 번역 출간했다.

주간 칼럼 「동과 서의 만남」을 《조선일보》에 연재하기 시작했다.

1993년　보리슬라프 페키치(Borislav Pekic)의 『기적의 시간』(전2권, 열린책들)을 번역 출간했다.

1994년　장편소설 『하늘의 문』(전3권, 열린책들)을 출간했다. 1부 「바람개비」, 2부 「가설극장」, 3부 「패자부활」로 구성되어 있다.

진 쿠퍼(J. C. Cooper)의 『(그림으로 보는)세계 문화 상징 사전』(까치)을 번역 출간했다.

1995년 중편소설 「나비 넥타이」를 계간 《세계의 문학》에 발표했다. 이 작품을 소설 쓰기의 출사표로 삼았다. 이 작품은 이상문학상과 동인문학상의 후보에 올랐다.

장편소설 『사랑의 종자』를 계간 《문예중앙》에 발표했다.

장편소설 『햇빛과 달빛』을 계간 《문학동네》에 연재 시작했다.

오비디우스의 『변신 이야기: 신들의 전성시대』(민음사)를 번역 출간했다.

움베르토 에코의 『푸코의 진자』(전3권, 열린책들)를 개역 출간했다.

1996년 장편소설 『사랑의 종자』를 『만남』(중앙일보사)이라는 제목으로 출간했다.

장편소설 『햇빛과 달빛』(문학동네)을 출간했다.

토머스 불핀치(Thomas Bulfinch)의 『그리스와 로마의 신화』(대원사)를 번역 출간했다.

알베르토 모라비아(Alberto Moravia)의 『로마의 여자』(둥지)를 번역 출간했다.

움베르토 에코의 『전날의 섬』(전2권, 열린책들)을 번역 출간했다.

칼 융(Carl Jung)의 편저 『인간과 상징』(열린책들)을 출간했다. 1976년에 번역을 시작했으나 여러 출판사로부터 거절당하거나 미루어지다가 근 20년 만에 출간된 것이다.

아들만 남겨 두고 가족과 함께 귀국했다.

1997년   장편소설 『뿌리와 날개』를 월간 《현대문학》에 연재 시작했다.

산문집 『에세이 온 아메리카』(월간 에세이)를 출간했다.

「플루타크 영웅 열전」을 《조선일보》에 연재 시작했다.

지그문트 프로이트(Sigmund Freud)의 『종교의 기원』(열린책들)을 번역 출간했다.

로즈메리 셧클리프(Rosemary Sutcliff)의 『트로이아 전쟁과 목마: 일리아드 이야기』(국민서관)를 번역 출간했다.

미국 미시간 주립대학교 사회과학대학의 초청으로 다시 미국으로 갔다.

1998년   소설집 『나비 넥타이』(민음사)를 출간했다.

장편소설 『뿌리와 날개』(현대문학사)를 출간했다.
중편소설 『진홍글씨』(작가정신)를 단행본으로
출간했다.
산문집 『무지개와 프리즘』(생각의나무)을 출간
했다.
신화 해설서 『아리아드네의 실타래』(웅진출판사)
를 출간했다.
「세계사 인물 기행」을 《세계일보》에 연재 시작
했다.

「숨은그림찾기 1 — 직선과 곡선」으로 제29회
동인문학상을 수상했다. 수상 작품집이 조선일
보사에서 나왔다.
오비디우스의 『변신 이야기』를 세계문학전집
(전2권, 민음사)로 다시 출간했다.
로즈메리 섯클리프의 『오뒤세우스의 방랑과 모
험』(국민서관)을 번역 출간했다.
미우라 아야코〔三浦綾子〕의 『양치는 언덕』(학원
사)을 번역 출간했다.
스치야 도시아키〔土屋敏明〕의 『간부의 용병작전』
(언어문화사)을 번역 출간했다.

1999년　소설선집 『나무가 기도하는 집』(세계사)을 출간했다.

장편소설 『그리운 타부』를 월간 《문학사상》에 연재했다.

장편소설 『나무 기도원』을 계간 《작가세계》에 분재했다.

산문집 『어른의 학교』(민음사)를 출간했다.

조셉 캠벨의 『천의 얼굴을 가진 영웅』(민음사)을 개역 출간했다.

토머스 해리스의 『양들의 침묵』(전2권, 창해)을 개역 출간했다.

존 버거(John Berger)의 『결혼을 향하여』(해냄)를 번역 출간했다.

『뮈토스』(고려원)의 개정판을 출간했다.

미국과 한국을 오가는 생활을 해 왔으나, 이 해 영구 귀국했다.

2000년   소설집 『두물머리』(민음사)를 출간했다. 이 책으로 제8회 대산문학상을 수상했다.

장편소설 『그리운 흔적』(문학사상사)을 출간했다.

문화 칼럼집 『잎만 아름다워도 꽃 대접을 받는다』(동아일보사)를 출간했다.

신화 연구서 『이윤기의 그리스 로마 신화』1(웅진

지식하우스)을 출간했다.

토머스 불핀치의 『그리스 로마 신화』(전5권, 창해)를 출간했다. 1권 『신들의 전성시대』, 2권 『영웅의 전성시대』, 3권 『일리아스, 오뒤쎄이아』, 4권 『사랑의 신화』, 5권 『인간의 새벽』으로 구성되었다.

리처드 아머의 『모든 것은 이브로부터 시작되었다』, 『모든 것은 돌멩이와 몽둥이로부터 시작되었다』(시공사)를 개역 출간했다.

파울 프리샤워의 『세계 풍속사』3(까치)을 번역 출간하고 『세계 풍속사』1~2를 개역 출간했다.

대한민국 번역가상을 수상했다.

2001년   산문집 『이윤기가 건너는 강』(작가정신)을 출간했다.

대담 모음집 26인 공저 『춘아, 춘아, 옥단춘아, 네 아버지 어디 갔니?: 우리 시대 삶과 꿈에 대한 13가지 이야기』(공저, 민음사)를 출간했다.

2002년   산문집 『우리가 어제 죽인 괴물』(시공사)을 출간했다.

신화 해설서 『길 위에서 듣는 그리스 로마 신화』(작가정신)를 출간했다.

「숨어 있는 그림들」을 계간 《문학과사회》 겨울호에 연재 시작했다.

조셉 캠벨과 빌 모이어스의 『신화의 힘』(이끌리오)을 개역 출간했다.

신화 연구서 『이윤기의 그리스 로마 신화』 2(웅진지식하우스)를 출간했다.

2003년   소설집 『노래의 날개』(민음사)를 출간했다. 2000년 이후 발표한 단편들 모음집이다.

연작 장편소설 『내 시대의 초상』(문학과지성사)을 출간했다. 계간 《문학과사회》 2002년 겨울호부터 2003년 가을호까지 「숨어 있는 그림들」이라는 제목으로 연재하였던 것을 모아 엮었다. 「샘이 너무 깊은 물」, 「뿌리 너무 깊은 나무」, 「어디서 많이 본 듯한 얼굴」, 「호모 비아토르」 등 네 편의 작품을 수록하고 있다.

신화·역사·철학 이야기 『이윤기, 그리스에 길을 묻다』(해냄)를 출간했다.

산문 모음집 24인 공저 『해인사를 거닐다』(웅기장이)를 출간했다.

딸 이다희가 결혼했다.

2004년   신화 연구서 『이윤기의 그리스 로마 신화』 3(웅진지식하우스)을 출간했다.

산문 모음집 16인 공저 『저기 네가 오고 있다: 사랑에 대한 열여섯 가지 풍경』(섬앤섬, 2007년에 『사랑은 미친 짓이다』로 재출간)을 출간했다.

2005년   셰익스피어의 『겨울 이야기』와 『한여름 밤의 꿈』(이다희 공역, 달궁)을 번역 출간했다.

직접 찍은 사진이 포함된 산문집 『시간의 눈금』(열림원)을 출간했다.

인터뷰 특강을 정리한 6인 공저 『21세기를 바꾼 상상력』(한겨레신문사)을 출간했다.

2007년   우리 신화 에세이집 『꽃아 꽃아 문 열어라』(열림원)를 출간했다.

산문집 『내려올 때 보았네』(비채)를 출간했다.

신화 연구서 『이윤기의 그리스 로마 신화』4(웅진지식하우스)를 출간했다.

셰익스피어의 『로미오와 줄리엣』(이다희 공역, 달궁)을 번역 출간했다.

도나 타트의 『비밀의 계절』(전2권, 문학동네)을 개역 출간했다.

2008년   니코스 카잔차키스의 『미할리스 대장』(전2권, 열린책들)을 개역 출간했다.

독일어로 번역 출간된 소설집 『직선과 곡선』(독일 윌스테인 출판사)의 낭독회(이문열(『Dem Keiser!(황제를 위하여)』)과 공동)가 '독일 5개 도시 순회 문학 행사'에서 열렸다.

2010년　예술 기행집 21인 공저 『북위 50도 예술여행』(컬처그라퍼)을 1월에 출간했다.

8월 27일, 심장마비로 별세했다.

유작이 된 『이윤기의 그리스 로마 신화』5(웅진지식하우스)가 10월에 출간되어 이 시리즈가 완간되었다.

이윤기

1947년 경북 우보면 두북동에서 태어났다. 1977년 《중앙일보》 신춘문예로 등단했고, 1998년 중편 「숨은그림찾기 1—직선과 곡선」으로 동인문학상을, 2000년 소설집 『두물머리』로 대산문학상을 수상했다. 그리고 『장미의 이름』, 『변신 이야기』 등에서 보여 준 품격 높은 번역으로 2000년 대한민국번역가상을 수상했다.

장편소설 『하늘의 문』, 『햇빛과 달빛』, 『뿌리와 날개』, 『그리운 흔적』 등과 소설집 『하얀 헬리콥터』, 『외길보기 두길보기』, 『나비 넥타이』, 『두물머리』, 『유리 그림자』 등이 있다. 그 밖에 『어른의 학교』, 『무지개와 프리즘』, 『꽃아 꽃아 문 열어라』, 『위대한 침묵』, 『이윤기의 그리스 로마 신화』, 『이윤기의 그리스 로마 영웅 열전』 등의 저서가 있으며, 움베르토 에코의 『장미의 이름』, 『푸코의 진자』, 『전날의 섬』을 비롯해 니코스 카잔차키스의 『그리스인 조르바』, 『미할리스 대장』 등 다수의 책을 번역했다. 2010년 8월 27일, 안타깝게도 심장마비로 세상을 떠났다.

유리 그림자
이윤기 소설집

1판 1쇄 찍음 · 2011년 1월 6일
1판 1쇄 펴냄 · 2011년 1월 14일

지은이 이윤기
발행인 박근섭, 박상준
편집인 장은수
펴낸곳 (주)민음사

출판 등록 · 1966. 5. 19. 제16-490호
서울시 강남구 신사동 506번지 강남출판문화센터 5층 (우)135-887
대표전화 515-2000 / 팩시밀리 515-2007
www.minumsa.com

ISBN 978-89-374-8335-6 (03810)